U0562673

走进宋词

素描与鉴赏

康桥梦溪 编著

上海远东出版社

图书在版编目(CIP)数据

走进宋词/康桥，梦溪编著.—上海：上海远东出版社，2024
(素描与鉴赏)
ISBN 978-7-5476-1967-4

Ⅰ.①走… Ⅱ.①康…②梦… Ⅲ.①宋词–青少年读物 Ⅳ.①I222.844

中国国家版本馆 CIP 数据核字(2023)第 236319 号

责任编辑 贺 寅
封面设计 李 廉

走进宋词
康 桥 梦 溪 编著

出　　版 上海遠東出版社
(201101 上海市闵行区号景路 159 弄 C 座)
发　　行 上海人民出版社发行中心
印　　刷 上海锦佳印刷有限公司
开　　本 890×1240 1/32
印　　张 12.125
字　　数 177,000
版　　次 2024 年 11 月第 1 版
印　　次 2024 年 11 月第 1 次印刷
ISBN 978-7-5476-1967-4/I·382
定　　价 49.80 元

前　言

中国的宋词，璀璨夺目，内涵深刻，意存高远，凝聚着中国文化的精华。熟悉和背诵一些宋词，往往可以陶冶性情，提高素质，并且终身难忘，获益无穷。

本书精选了100首最为脍炙人口的宋词，涵盖教育部推荐的背诵篇目。用轻松、新颖的形式，详细加以解释和导读，以帮助小读者更好地理解宋词，同时也便于家长全面地进行辅导。

全书分为四个部分：

一是宋词和注音。我们对原词全部进行了注音，由于对宋词中的个别词语有不同的理解，我们择善而从，尽量按照通常的理解来注音。

二是注释。我们对一些学生比较难理解的词语进行了解释。

三是词意素描。我们把宋词改写成一篇充满诗意的白话散文,把翻译解释融合在散文中。这样,一方面可以把宋词作为一个整体来理解;另一方面,也给平时的练习和考试中常常出现的“把宋词改写成散文”,提供了一个借鉴。

四是词意鉴赏。每一首词好在哪里,如何欣赏,都可以从中找到答案。

另外,我们为每一首宋词都精选了充满诗情画意的古图,一切尽在不言中,小读者们可慢慢欣赏,并进而更好地理解宋词。

目录

点绛唇

感兴

王禹偁

yǔ hèn yún chóu jiāng nán yī jiù chēng jiā
雨恨云愁，江南依旧称佳

lì shuǐ cūn yú shì yī lǚ gū yān xì
丽①。水村渔市，一缕孤烟细。

tiān jì zhēng hóng yáo rèn xíng rú zhuì
天际征鸿②，遥认行如缀③。

píng shēng shì cǐ shí níng dì shéi huì píng lán
平生事，此时凝睇④，谁会⑤凭栏

yì
意！

注释

① 佳丽：风光秀丽。

② 征鸿：迁徙飞行的大雁。

③ 行如缀：飞行的大雁，一只接一只，如同缀在一起。

④ 凝睇：注视。

⑤ 会：理解。

素描

天空阴霾，一如此时的心情，没有人能理解我内心的孤独与愁闷，无处倾诉的我，只好独自漫步在郊外的小路上。不一会儿，下起了蒙蒙的细雨，我躲进路边的一座亭子里。放眼望去，江南的雨景是何等的清丽动人：在蒙蒙的雨幕中，村落渔市点缀在湖边水畔，青山相抱，绿水环绕，一缕淡淡的炊烟袅袅升起。

水天相连的远处，更有一行大雁，首尾相连，排着整齐的队伍，款款而飞。这一切本来是如此美好，但而今在我眼里，那绵绵不尽的雨丝，就像我难消的恨意；那层层堆积的灰色的云块，就像我郁积的愁闷。即使在这样的天气里，大雁依然凭借自己的力量，向着自己的目标不停地前进，这是何等的令人钦佩啊！看着胸怀大志的鸿雁渐渐远去，想起自己的理想和抱负还没有实现。我还要继续奋斗，一定要干出一番伟大的事业来。

可我的一片心意，又有谁能理解呢？

全词以清丽的笔触、沉郁而高旷的格调，即事即目，寓情于景，通过描绘江南雨景，寄寓了作者积极入世、渴望有所作为的政治理想，以及怀才不遇的苦闷情怀。

江南春

寇准

bō miǎo miǎo liǔ yī yī gū cūn fāng cǎo
波渺渺，柳依依。孤村芳草

yuǎn xié rì xìng huā fēi jiāng nán chūn jìn lí
远，斜日杏花飞[1]。江南春尽离

cháng duàn pín mǎn tīng zhōu rén wèi guī
肠断，蘋[2]满汀[3]洲人未归。

注释

① 杏花飞：杏花飘落。

② 蘋：一种水生植物，四片小叶，形如“田”字，又叫“田字草”。

③ 汀：水边平地。

素描

烟波渺渺的春水，随风飘舞的杨柳。芳草萋萋，绵绵不尽，一直蔓伸到遥远的天际。孤零零的村落，孤寂无人。只有那杏花，在夕阳映照之下，纷纷飘落。

暮春傍晚的时候，有一女子在楼上凭栏而望。只见远方绿波浩渺，水阔天高；近处青青杨柳，让人想起当年长亭惜别之时，不禁触目伤怀。而今，这依依的杨柳随风摇摆，似乎在召唤着远方的游子快快回到自己的家乡。可是望穿秋水，不见他来，花开花落，日出日没，远方的游子连影子也没出现，只看到遍布天涯的春草和孤零零的小村庄，杏花在那斜阳余晖中，被无力的东风吹得纷纷飘落，漫天漫地四处飞舞。今年的春天又一天一天地过去了，她美好的青春年华也在孤寂落寞中虚掷了。水中的浮萍已铺满了池塘，可是思念的人至今未归，就是采蘋草也没有人可送啊，这怎么不叫人愁肠欲断、思绪满怀。

鉴赏

这是一首描写春天的词，词中通过对春天景色的描写，抒发了思念朋友和亲人的心情，写出了柔情女子伤春怀人的感人场面。整首词情景交融，委婉秀丽，短小却意味深长，言有尽而意无穷。其中，“波渺渺，柳依依。孤村芳草远，斜日杏花飞”是久为后人吟诵的抒情佳句。

酒泉子

长忆观潮

潘　阆

cháng yì guān cháo，mǎn guō rén zhēng jiāng shàng wàng。
长忆观潮，满郭人①争江上望。

lái yí cāng hǎi jìn chéng kōng，wàn miàn gǔ shēng zhōng。
来疑沧海尽成空，万面鼓声②中。

nòng cháo ér xiàng tāo tóu lì，shǒu bǎ hóng qí qí bù shī。
弄潮儿③向涛头立，手把红旗旗不湿。

bié lái jǐ xiàng mèng zhōng kàn，mèng jué shàng xīn hán。
别来几向④梦中看，梦觉⑤尚心寒⑥。

注释

① 满郭人：满城的人。

② 鼓声：此处比喻潮声。

③ 弄潮儿：指戏水能手。

④ 向：朝着，面对。

⑤ 觉：醒。

⑥ 心寒：惊心动魄。

素描

岁月如梭，我经常回忆起在钱塘的那些日子，怎么也忘不了当时观潮的盛况。记得那时，倾城出动，万人空巷，所有人争先恐后来到江边。看，来了！来了！潮水涌动，万丈怒潮，卷起无数冰峰雪壁，直向岸边扑来；又仿佛是谁把东海之水掏空了，一起直向岸边倾泻。霎时，又像千万面重鼓，在人群四周骤然擂响……使人不禁目夺神骇，心惊胆战。

你看弄潮儿的技艺多么高强！他忽而没进水里，忽而站在潮头，就像在平地里走路一样。手中的红旗在浪尖迎风招展，浪花也无法将它沾湿……

是呀，现在已经离开家乡很久了，我漂泊在外，几经风霜，经历了很多事情。可是不知怎么，这番情景却多次潜入我的梦中，让人难以忘怀。梦醒之后，似乎还能感觉到心在扑通扑通地狂跳，原来我还在因为梦里的场景而感到阵阵惊骇。

这首词以豪迈的气势和劲健的笔触，描绘了钱塘江潮涌的壮美风光。词的上片描写观潮盛况，表现大自然的壮观、奇伟；下片描写弄潮情景，表现弄潮健儿与大自然奋力搏斗、一往无前的大无畏精神。此词对于钱塘江涌潮的描绘，可谓构思精巧，别具神韵。

长相思

林逋

wú shān qīng yuè shān qīng liǎng àn qīng
吴山①青，越山②青。两岸青
shān xiāng sòng yíng shéi zhī lí bié qíng
山相送迎，谁知离别情？

jūn lèi yíng qiè lèi yíng luó dài tóng xīn
君泪盈③，妾泪盈。罗带同心
jié wèi chéng jiāng tóu cháo yǐ píng
结④未成，江头潮已平⑤。

注释

① 吴山：泛指钱塘江北岸的山，古属吴国。

② 越山：泛指钱塘江南岸的山，古属越国。

③ 泪盈：含泪欲滴。

④ 罗带同心结：古时男女定情，有用罗带打成心字形结的风俗。

⑤ 潮已平：指江水已涨到与岸相齐。

素描

吴越一带，青山隐隐，绿水长流。在离别的埠头，你就要登船远行了。晴空一碧，白云悠悠，两岸的青山远近交互相望，此刻似乎也满含深情。但是，谁又能真正理解我别离的心情？

想着别离后的相思之苦，想着再见的遥遥无期，往日的甜蜜欢笑、浓情蜜意再次涌上心间。我不由得拉着你的手，想说几句保重的话，但哽咽难言，望着你，一任泪水像小河淌满双颊。你也泪流满面，泣不成声。你不说我也明白你的心情，人生在世，不如意者十之八九，相恋没有结果也是无可奈何。江潮已涨平了，船儿马上就要启程，你我分别的一刻终究要来到！既然分别在所难免，那么你就快些走吧！

再回首的时候，船儿已行得很远很远，你的身影也随着船儿消失在我的视线中，从此我们只能天各一方……我久久伫立在江边，眼前只有滔滔不尽的江水。

这是一首送别词，采用民歌中常见的复沓形式，以回旋往复、一唱三叹的节奏和清新优美的语言，托一个女子声口，抒写了被迫与心上人在江边诀别的悲怀。

雨霖铃

柳　永

hán chán qī qiè duì cháng tíng wǎn zhòu yǔ
寒蝉凄切，对长亭晚，骤雨

chū xiē dū mén zhàng yǐn wú xù liú liàn
初歇。都门帐饮[①]无绪，留恋

chù lán zhōu cuī fā zhí shǒu xiāng kàn lèi
处，兰舟[②]催发。执手相看泪

yǎn jìng wú yǔ níng yē niàn qù qù qiān lǐ
眼，竟无语凝噎。念去去[③]千里

yān bō mù ǎi chén chén chǔ tiān kuò
烟波，暮霭[④]沉沉楚天阔。

duō qíng zì gǔ shāng lí bié gèng nǎ kān
多情自古伤离别，更那堪，

lěng luò qīng qiū jié jīn xiāo jiǔ xǐng hé chù
冷落清秋节！今宵酒醒何处？

yáng liǔ àn, xiǎo fēng cán yuè。 cǐ qù jīng nián,
杨柳岸，晓风残月。此去经年⑤，

yīng shì liáng chén hǎo jǐng xū shè。 biàn zòng yǒu
应是良辰好景虚设。便纵⑥有

qiān zhǒng fēng qíng, gèng yǔ hé rén shuō?
千种风情⑦，更与何人说？

注释

① 帐饮：在郊外设置帐幕宴饮送别。

② 兰舟：船的美称。

③ 去去：表示行程之远。

④ 暮霭：傍晚的云雾。

⑤ 经年：年复一年。

⑥ 纵：即使。

⑦ 风情：情意，深情厚意。

素描

深秋的知了叫得是多么急促而又凄凉，透着寒意，带着凄切。黄昏，悄然冷寂，漫向长亭送别的行客。这时，急骤的阵雨停了。京师郊外，搭帐设宴饯别，可是没有饮酒的兴致，心情已悲绝，正是依恋难舍，忽听艄公一声“起船”，催得心中直发颤。两人手拉着手，相对而视，泪眼盈盈。此时，千言万语都已成为多余，终还是无语哽咽。想到这一去烟波浩渺千里涌迭，楚天暮霭沉沉，那一片空阔迷茫该是一路的寂寞，一路的阻遏。

自古以来，多情的人都为离别而悲伤，更难以承受的是，你我分手在这冷落萧瑟的清秋季节。啊，今晚酒醒时，该在什么地方啊！想必是泊舟在杨柳垂拂的岸边，恍惚里独对一拂清冷的晓风，一弯冷寂的残月。此去，一年又一年，将是漫长的相隔，明月清风，良辰美景，从此如同虚设，对我又有什么意义？即便心中涌起千般万种的情柔意切，我又能向谁倾诉呢？

此词为抒写离情别绪的千古名篇，作者将他离开汴京与恋人惜别时的真情实感表达得缠绵悱恻，凄婉动人。词的上片写临别时的情景，下片主要想象别后情景。全词起伏跌宕，声情双绘，是宋元时期流行的“宋金十大曲”之一。

蝶恋花

柳　永

zhù yǐ wēi lóu fēng xì xì, wàng jí chūn
伫[1]倚危楼[2]风细细，望极春

chóu, àn àn shēng tiān jì. cǎo sè yān guāng cán
愁，黯黯[3]生天际。草色烟光残

zhào lǐ, wú yán shéi huì píng lán yì.
照[4]里，无言谁会凭阑意。

nǐ bǎ shū kuáng tú yī zuì, duì jiǔ dāng
拟把疏狂图一醉，对酒当

gē, qiǎng lè hái wú wèi. yī dài jiàn kuān zhōng
歌，强乐[5]还无味。衣带渐宽终

bù huǐ, wèi yī xiāo dé rén qiáo cuì.
不悔，为伊消得人憔悴。

注释

① 伫:长时间站立。

② 危楼:高楼。

③ 黯黯:情绪低落。

④ 残照:指夕阳。

⑤ 强乐:勉强寻欢作乐。

素描

静静地站在高楼上,春风柔和地拂在脸上,我心中思念着远方的人。极目远望,春日的碧空下,芳草连着天边,净水绕着远山,黯然袭来一缕伤春的愁思。我的思念,也如连天的青草和绕水的远山一样,无穷无尽。想起"记得绿罗裙,处处连芳草"的句子,我对你的牵肠挂肚更是难以言表。此时,正是夕阳残照,春草的碧色,浸在傍晚薄薄的暮色中,气氛氤氲,一如我心中的愁绪。唉,谁能体会我独自凭栏的心情呢?

也想把我的相思愁绪付诸一醉,对酒当歌,强颜欢笑,得了且了，或者可以忘却往日的欢乐时光，不必再沉浸于往昔的记忆和对你的爱念之中。但是即使一醉，也空有芳醇妙喉伴随，这勉强行乐，终是无聊的空虚乏味。而且，我对你的思念也是无法停止的。思来想去，我宁愿忍受这样的相思之苦，为了你，即使衣带日渐宽松，形销骨立，憔悴不堪，也绝不会后悔。

鉴赏

这是一首客居他乡的怀人之作，词人将漂泊异乡的落魄与思念伊人的缠绵融合在一起，情真意切。上片写景，下片抒情有纵有收。结句"衣带渐宽终不悔，为伊消得人憔悴"是名句，王国维曾指出"此等语皆非大词人不能道"，这个结句中流露出的决绝、悲壮之情是很感人的，所以脍炙人口。从文字上来看，这两句朴实、清疏、水到渠成，与柳永其他写男女离合之情的柔婉小令或慢词，在风格上有所不同。一片痴情，不绝春愁，至此结束，表现出主人公对爱情的忠贞不渝和执著。难以排遣的恋情，至此一泻无余。

望海潮

柳　永

dōng nán xíng shèng sān wú dū huì qián
东南形胜[1]，三吴[2]都会，钱
táng zì gǔ fán huá yān liǔ huà qiáo fēng lián
塘自古繁华。烟柳画桥，风帘
cuì mù cēn chī shí wàn rén jiā yún shù rào
翠幕，参差十万人家。云树[3]绕
dī shā nù tāo juǎn shuāng xuě tiān qiàn wú
堤沙。怒涛卷霜雪，天堑[4]无
yá shì liè zhū jī hù yíng luó qǐ jìng
涯。市列珠玑，户盈罗绮，竞
háo shē
豪奢。

chóng hú dié yǎn qīng jiā yǒu sān qiū guì
重湖叠巘[5]清嘉。有三秋桂

zǐ shí lǐ hé huā qiāng guǎn nòng qíng líng gē
子，十里荷花。羌管弄晴，菱歌

fàn yè xī xī diào sǒu lián wá qiān jì yōng
泛夜，嬉嬉钓叟莲娃。千骑拥

gāo yá chéng zuì tīng xiāo gǔ yín shǎng yān xiá
高牙[6]，乘醉听箫鼓，吟赏烟霞。

yì rì tú jiāng hǎo jǐng guī qù fèng chí kuā
异日图将好景，归去凤池[7]夸。

注释

① 形胜：地理位置优越、山川壮美的地方。

② 三吴：即吴兴、吴郡、会稽三郡，今泛指江苏南部和浙江部分地区。

③ 云树：形容树木高耸入云。

④ 天堑：天然的壕沟。古代偏安南方的国家以长江为阻挡北方敌人的天堑。此处指钱塘江。

⑤ 叠巘：重叠的山峰。

⑥ 高牙：象牙装饰的军前大旗，此处借指太守一类地方高级官员。

⑦ 凤池：即凤凰池，禁苑中池沼。魏晋时设中书省于禁苑，掌握政治机要，故以凤凰池为其代称。后泛指朝廷。

素描

杭州，东南险要之地，三吴大都市，自古就非常繁华。烟雾笼罩着杨柳，掩映河桥的雕栏彩画，大街小巷，迎风的竹帘飘飘，碧纱的帷幕重重，楼阁鳞次栉比，高低起伏攒聚十万人家。烟云笼罩的树木环绕着沙石的江堤，汹涌的波涛卷起白如霜雪的钱塘江水，一道天然险阻浩瀚无涯。热闹的集市上，珠宝美玉琳琅满目，家家户户绫罗堆积，争相奢华。

里湖、外湖，山外青山，重重叠叠秀丽清嘉。晚秋的桂树，缕缕清香飘溢出天竺古刹，正是初夏凉风，轻轻地摇动着十里铺延的亭亭荷花。悠扬的笛声，飘荡在丽日晴空。到了夜晚，月光清幽的湖面，传来悠悠的渔歌唱答。尽情嬉乐的是垂钓的渔翁、采莲的女娃。那出巡的太守，千骑簇拥，一路喧哗。金杯美酒，趁微醺半醉，听箫鼓声声吹打，吟诗作赋时，看足湖光山色，晨霭暮霞。啊，待他日描绘这富饶美丽、风流潇洒，回到朝廷去好好夸耀。

这首词一反柳永惯常的风格，以大开大阖、波澜起伏的笔法，浓墨重彩的铺叙展现了杭州的繁荣而美丽的景象。这首词，慢声长调和所抒之情起伏相

应，音律协调，情致婉转，是一首传世佳作。

这首词写景之壮伟、声调之激越，与东坡相去不远。特别是暗含数字的词组，如“三吴都会”“十万人家”“三秋桂子”“十里荷花”“千骑拥高牙”等在词中的运用，或为实写，或为虚指，均带有夸张的语气，风格豪放。

八声甘州

柳　永

duì xiāo xiāo mù yǔ sǎ jiāng tiān yī fān xǐ
对潇潇暮雨洒江天，一番洗
qīng qiū jiàn shuāng fēng qī jǐn guān hé lěng
清秋。渐霜风凄紧，关河冷
luò cán zhào dāng lóu shì chù hóng shuāi cuì jiǎn
落，残照当楼。是处红衰翠减，
rǎn rǎn wù huá xiū wéi yǒu cháng jiāng shuǐ
苒苒①物华②休③。唯有长江水，
wú yǔ dōng liú
无语东流。

bù rěn dēng gāo lín yuǎn wàng gù xiāng miǎo
不忍登高临远，望故乡渺
miǎo guī sī nán shōu tàn nián lái zōng jì hé
邈，归思难收。叹年来踪迹，何

shì kǔ yān liú xiǎng jiā rén zhuāng lóu yóng
事苦淹留[4]？想佳人、妆楼颙

wàng wù jǐ huí tiān jì shí guī zhōu zhēng zhī
望[5]，误几回、天际识归舟。争[6]知

wǒ yǐ lán gān chù zhèng nèn níng chóu
我、倚阑干处，正恁[7]凝愁！

注释

① 苒苒：形容时光消逝，渐渐的意思。

② 物华：美好的景物。

③ 休：衰残。

④ 淹留：久留。

⑤ 颙望：抬头呆望。

⑥ 争：怎么。

⑦ 恁：如此。

素描

黄昏，冷雨潇潇，向苍茫之处远水长天的尽头飘洒，一番淋漓，洗涤出天地间疏朗空明的深秋。

江面，凄凉的寒风越吹越紧，将一层秋色的冷落，拂向旅人们经过的山关渡口，更有残阳暗淡，照着孤耸的楼头。

到处都是红花凋零，绿叶枯萎，时光流逝，美好的景物都失去了光彩。唯有浩荡的长江水，昼夜不息地默默向东流去。

最难忍受的是此刻的情愫，我真不忍心登高远眺，望故乡是那么遥远，使我思归的心再也无法收住。可叹年复一年，这些年来我浪迹萍踪，四处漂泊，为什么要长久地在异地他乡流连、滞留？

想我那亲爱的人，整日都在楼头凝望那水天相接处。有多少次啊，误把他人风帆当作游子返家的归舟。她哪里知道，此时，我也正在倚着栏杆远望故乡，心头深深地郁结着思念和忧愁。

这首词章法结构细密，写景抒情融为一体，以铺叙见长。词中思乡怀人之意绪，展衍尽致。而白描手法、通俗的语言，将这复杂的意绪表达得明白如画。这样，柳永的《八声甘州》终成为词史上的丰碑，得以传颂千古。

全词情景交融，情景俱佳。写景的地方，大开大合，跳跃跌宕，有远有近，有全景、有特写；写情之处，低回缥缈，一咏三叹，有照应、有问答、有对比，层层递进，意味深长。

苏幕遮

怀旧

范仲淹

bì yún tiān huáng yè dì qiū sè lián
碧云天，黄叶地。秋色连

bō bō shàng hán yān cuì shān yìng xié yáng tiān
波，波上寒烟翠。山映斜阳天

jiē shuǐ fāng cǎo wú qíng gèng zài xié yáng wài
接水，芳草无情，更在斜阳外。

àn xiāng hún zhuī lǚ sī yè yè chú
黯乡魂[1]，追旅思[2]。夜夜除

fēi hǎo mèng liú rén shuì míng yuè lóu gāo xiū
非，好梦[3]留人睡。明月楼高休

dú yǐ jiǔ rù chóu cháng huà zuò xiāng sī lèi
独倚，酒入愁肠，化作相思泪。

注释

① 黯乡魂：思念家乡而黯然销魂。

② 追旅思：羁旅的愁思缠绕不休。

③ 好梦：指回家欢聚的梦。

素描

远天、白云，空阔无垠。枯叶纷纷从天际飘落，将深秋的橙黄铺堆一地。无边的秋色遥接着淼淼江水，寒烟依偎江波，凝结成一江清澄的冷翠。更有一抹斜阳，映照在瘦瘠的山峦，透着微微寒意。天连水，水连山。远处一片苍茫，天光与水色交融汇聚在一起。漫山遍野的芳草，一直延伸到夕阳外的天际。

这遥山远水，芳草斜阳，不由得让人泛起一缕乡思，心中黯然神伤。天涯孤旅的愁绪，叠叠续来无计可消，思乡之情，萦绕心中难以排遣。每晚除非有抚慰乡愁的悠然归梦，才能在漫漫长夜里有片刻的安然入睡。每当明月当空，照临高楼，千万莫去凭栏远望，因为那时乡思只会更加浓烈。夜不能寐，楼不能倚，那就饮尽这一杯吧！借酒浇愁也是好的呀。可是，酒入愁肠，点点滴滴，都化作了思乡的眼泪。

鉴赏

本词写羁旅思乡之情。上片以碧云、夕阳、黄叶、翠烟等明艳的色彩，构成醉人的秋景。而芳草是乡情的触媒，由此过渡到下片。下片因景生情，专抒离恨，设想奇特，步步映衬。非有真情实感，不能写出如此好词。这首词写景层层有序，由上而下，由近及远，引出思乡离情，表达得细致、曲折。后代词评家称此词是："丽语"之中见柔情，遂成绝唱。

渔家傲

秋思

范仲淹

sài xià qiū lái fēng jǐng yì héng yáng yàn
塞下[①]秋来风景异，衡阳雁

qù wú liú yì sì miàn biān shēng lián jiǎo qǐ
去无留意。四面边声[②]连角起。

qiān zhàng lǐ cháng yān luò rì gū chéng bì
千嶂[③]里，长烟落日孤城闭。

zhuó jiǔ yī bēi jiā wàn lǐ yān rán wèi
浊酒一杯家万里，燕然未

lè guī wú jì qiāng guǎn yōu yōu shuāng mǎn
勒[④]归无计。羌管[⑤]悠悠[⑥]霜满

dì rén bù mèi jiāng jūn bái fà zhēng fū
地。人不寐[⑦]，将军白发征夫

lèi
泪。

注释

① 塞下：边界险要的地方，此处指西北边疆。

② 边声：边地的悲凉之声，如马鸣、风号之类。

③ 嶂：像屏障一般的山峰。

④ 燕然未勒：指还未建立破敌的大功。

⑤ 羌管：羌笛。

⑥ 悠悠：形容声音飘忽不定。

⑦ 寐：入睡。

素描

秋天来到了西北边塞，景色一片荒凉，不似中原秋色明丽。南归的雁群义无反顾地直向衡阳飞去，不再留恋这严寒即将降临的地方。塞上特有的边声——西风的呼啸、驼马的嘶鸣、士兵的吟唱、草木的繁响，还有那军中悲凉的号角——不时传来。看四面群山连绵，笼罩着茫茫烟雾，牵着昏黄落日沉下天际。暮色苍茫，在万山丛中的这座孤城，依依不舍地恋着落日；城门慢慢地关上了，黑夜悄悄地来临。

端起一杯浑浊的酒浆，可是又怎能抵挡家园万里遥隔的绵绵思乡之情呢？再说，还没有彻底打败敌人，建立功勋，肩头的责任是那样重大。眼前战争的硝烟随时可能燃遍边塞，此时，有家又怎么能回去呢？羌管悠悠，如诉如泣，在空中回荡；月光苍白冰凉，如一层寒霜铺洒营地。徘徊无眠时，看长夜漫漫，四周寂寂，将军愁白了头发，士卒们流下了思乡的热泪。

鉴赏

范仲淹的《渔家傲》变低沉婉转之调为慷慨雄放之声，把有关国家、社会的重大问题反映到词里，可谓大手笔。这首词，以边塞的现实生活为题材，悲壮沉郁，在咏叹将士思乡中，既表现将军的英雄气概及征夫的艰苦生活，也表达了对国家前途的深深忧虑，暗寓对宋王朝重内轻外政策的不满。

全词爱国激情与浓重乡思兼而有之，构成了将军与征夫复杂而又矛盾的情绪。这种情绪主要是通过全词的景物描写和气氛渲染，婉曲地传达出来，显得格调苍凉而悲壮。

天仙子

张 先

shuǐ diào shù shēng chí jiǔ tīng wǔ zuì
《水调》[1]数声持酒听，午醉

xǐng lái chóu wèi xǐng sòng chūn chūn qù jǐ shí
醒来愁未醒。送春春去几时

huí lín wǎn jìng shāng liú jǐng wǎng shì hòu
回？临晚镜，伤流景[2]，往事后

qī kōng jì xǐng
期空记省。

shā shàng bìng qín chí shàng míng yún pò yuè lái
沙上并禽池[3]上暝，云破月来

huā nòng yǐng chóng chóng lián mù mì zhē dēng fēng bù
花弄影。重重帘幕密遮灯，风不

dìng rén chū jìng míng rì luò hóng yīng mǎn jìng
定，人初静，明日落红应满径。

注释

①《水调》：唐朝流行的曲调。

② 流景：如流水般消逝的时光。

③ 并禽：成对的鸟儿。

素描

一曲悠悠的《水调》，美酒微醺里，我一边浅饮，一边聆听……渐渐地，我醉了，昏昏睡去。一觉醒来，日已过午，醉意虽消，可是愁思仍然难以排解。又送晚春归去，那美好的春光何时才能再回来呢？时光，并没有因为我的哀愁而停歇。很快就到了晚上，我对镜黯然，青春光景如水流逝。时光啊，你为什么流逝得如此快？一切都是过眼烟云，只留下过去的美好回忆，空自清楚地记得那些往昔的约定。

暮色将临时，我到小池边闲步，看见那些白天在沙滩上嬉戏的双双对对的鸳鸯，晚上在池边交颈而眠。池塘在暮色的笼罩下一片昏暝，透过云层裂隙，月亮慢慢出来了，洒下一地散叠的碎银，任婆娑的花枝多情地摇弄着池边的倩影。我回到屋内，将竹帘帷帐一层层垂下，遮住将欲燃尽的油灯。窗外晚风不定，一阵轻，一阵紧，正是夜色初寂悄无人声。到明天将会是落红无数，铺满庭院幽寂的小径了吧？

作品通过暮春景色的烘托，揭示人物的内心世界，将作者慨叹年老位卑、前途渺茫之情与暮春之景有机地交融在一起。

“云破月来花弄影”，描绘花枝在清光下摇摆不定的景象，此句成了传诵千古的名句。王国维评曰：“着一‘弄’字而境界全出矣。”其实这句妙处不仅在于修词炼句的功夫，主要还在于词人经过整天的忧伤苦闷之后，居然在一天将尽时品尝到即将流逝的盎然春意这一曲折复杂的心情，通过生动妩媚的形象婉曲地传达出来，从而让读者也分享到一点欣悦和无限美感。

青门引

张先

zhà nuǎn hái qīng lěng fēng yǔ wǎn lái fāng
乍暖还轻冷，风雨晚来方
dìng tíng xuān jì mò jìn qīng míng cán huā zhōng
定。庭轩[1]寂寞近清明，残花中
jiǔ yòu shì qù nián bìng
酒[2]，又是去年病。

lóu tóu huà jiǎo fēng chuī xǐng rù yè chóng
楼头画角[3]风吹醒，入夜重
mén jìng nǎ kān gèng bèi míng yuè gé qiáng sòng
门静。那堪[4]更被明月，隔墙送
guò qiū qiān yǐng
过秋千影。

注释

① 庭轩：庭宇。

② 中酒：醉酒。

③ 画角：古代军队中绘有彩色图案的管乐器。

④ 堪：能忍受。

素描

春寒忽然变暖，而风雨忽来，又轻冷袭人。

轻寒的风雨，一直到晚上才止住。快到清明节了，庭院里静悄悄的。此时，春已迟暮，花已凋零，独自对着满地落花，一杯，两杯，一人自酌自饮。自然界的变迁，就如人事的沧桑，美好事物的破灭，种下了心灵的病患。此病无药可治，唯有借酒浇愁，但我明白醉酒之后，失去自制，只会加重心头的忧愁。这样的经历，已不是头一遭，去年春愁醉酒的黯然情景，仿佛历历在目。

听，春风带来了城楼上凄厉的号角声，清冷的晚风使酣醉的我清醒过来，可随着夜色降临，心情更加黯然、更加沉重。

夜深了，一片静寂，院门掩闭得紧紧的。更使人受不了的，是那明亮的月光，居然悄悄地把隔墙的秋千影子送了过来，轻轻地映在庭院中心摇曳不停……

唉，真是满怀伤感，难以排遣。

词中所写时间是寒食节近清明时，地点是词人独处的家中。全词抒写了春天风雨忽来，天气“乍暖还轻冷”，词人有感于自己生活的孤独寂寞，因外景而引发的怀旧情怀和忧苦心境。

词的敏锐、含蓄和韵味，都在此得到了充分体现。

浣溪沙

晏　殊

yī qǔ xīn cí jiǔ yī bēi, qù nián tiān qì
一曲新词酒一杯，去年天气

jiù tíng tái. xī yáng xī xià jǐ shí huí
旧亭台。夕阳西下几时回[1]？

wú kě nài hé huā luò qù, sì céng xiāng shí
无可奈何花落去，似曾相识

yàn guī lái. xiǎo yuán xiāng jìng dú pái huái
燕归来。小园香径[2]独徘徊[3]。

注释

① 回：追回。

② 径：小路。

③ 徘徊：来回地走。

素描

怀着轻松喜悦的感情，带着潇洒安闲的意态，斟上一杯美酒，举杯唱一曲新词。但边听边饮时，却发现类似的景象好像在哪里见过：也是和此时一样的往年的暮春天气，面对的也是和眼前一样的亭台楼阁，一样的清歌美酒。然而，在这一切依旧的表象下，又分明感觉到有什么东西已经起了难以逆转的变化。夕阳西下，这是无法阻止的，只能寄希望于它的东升再现，而时光的流逝、人事的变更，却再也无法追回了。

花已凋落，春光消逝，我虽然惋惜流连，但却无济于事。我也知道，一切美好事物都必然要消逝，无法阻止。不过，值得欣慰的是，那翩翩归来的燕子却像是去年曾在此处安巢的旧时相识。生活，不会因为美好事物的消逝，而变得一片虚无。

于是，我独自一个人，在这充满花草芳香的小径上徘徊，怀念春光的消逝。

这首词虽含伤春惜时之意，却实为感慨抒怀之情。

词之上片综合今昔，叠印时空，重在思昔；下片则巧借眼前景物，着重写今日的感伤。“无可奈何花落去，似曾相识燕归来”，工巧而浑成、流利而含蓄，可以说唱叹传神，表现出词人的巧思深情，也是这首词出名的原因。全词语言圆转流利，通俗晓畅，清丽自然，意蕴深沉，词中对宇宙人生的深思，给人以哲理性的启迪和美的艺术享受。

破阵子

晏　殊

yàn zǐ lái shí xīn shè lí huā luò hòu
燕子来时新社[①]，梨花落后

qīng míng chí shàng bì tái sān sì diǎn yè dǐ
清明。池上碧苔三四点，叶底

huáng lí yī liǎng shēng rì cháng fēi xù qīng
黄鹂一两声，日长[②]飞絮轻。

qiǎo xiào dōng lín nǚ bàn cǎi sāng jìng lǐ
巧笑[③]东邻女伴，采桑径里

féng yíng yí guài zuó xiāo chūn mèng hǎo yuán shì
逢迎[④]。疑怪昨宵春梦好，原是

jīn zhāo dòu cǎo yíng xiào cóng shuāng liǎn shēng
今朝斗草[⑤]赢，笑从双脸[⑥]生。

注释

① 新社：社日是古代祭土地神的日子，以祈丰收。有春秋两社，新社即春社，时间在立春后，清明前。

② 日长：指春天昼长。

③ 巧笑：形容少女美好的笑容。

④ 逢迎：相逢。

⑤ 斗草：古时一种游戏。

⑥ 双脸：指面颊。

素描

燕子飞回时，春社也正到来。梨花凋落后，即是清明时节。

当此季节，气息芳润，池畔苔生鲜翠，三点、四点，漂浮着碧翠的鲜嫩。垂坠的枝叶下，流溢着黄鹂悦耳的清音，一声、两声……长长的白昼里，柳絮在空中旋舞，飘飞得格外轻盈。

忽然传来一串少女清脆的笑声，原来是东边邻家的小姐妹在采桑的路上正好遇着，彼此愉快地说笑。

“你怎么今天这么高兴？夜里做了什么好梦了吧！快说来听听！”

“是今天斗草取胜了，刚才和朋友斗草去了，得了彩头，真开心啊！”

不由得，甜甜的酒窝从她们的双颊泛起，瞧她们那满脸笑容，多么得意啊。

这首词，通过清明时节的一个生活片断，反映出少女身上洋溢的青春活力，充满着欢乐的气氛。

细细品味，这首词好似一幅古代女子游春的风俗图。全词纯用白描，笔调活泼，风格朴实，形象生动，词风清新而富于生活气息，展示了少女的纯洁心灵。

蝶恋花

晏　殊

jiàn jú chóu yān lán qì lù luó mù qīng
槛① 菊愁烟兰泣露，罗幕② 轻
hán yàn zǐ shuāng fēi qù míng yuè bù ān lí
寒，燕子双飞去。明月不谙③ 离
hèn kǔ xié guāng dào xiǎo chuān zhū hù
恨苦，斜光到晓穿朱户④。

zuó yè xī fēng diāo bì shù dú shàng gāo
昨夜西风凋碧树，独上高
lóu wàng jìn tiān yá lù yù jì cǎi jiān jiān
楼，望尽天涯路。欲寄彩笺兼
chǐ sù shān cháng shuǐ kuò zhī hé chù
尺素⑤，山长水阔知何处？

注释

① 槛：栏杆。

② 罗幕：丝罗的帷幕，富贵人家所用。

③ 谙：熟悉，了解。

④ 朱户：指大户人家。

⑤ 尺素：古人书写用素绢，通常为一尺，故称尺素，后来用为书信的代称。

素描

廊庑中的秋菊笼罩在晨雾中，朦朦胧胧，似有哀怨之色；兰花带露，晶莹剔透，好像珠泪挂在佳人的脸上。虽已清晨，但低垂的罗帐却显得了无生气，一派清寒；燕子似乎也忍受不了晨起的秋寒，双双离巢，穿帘而去。

因不堪忍受离别之苦而彻夜未眠，伴随我的，只有无情而凄冷的月光。天已破晓，但月光仍透过窗棂，洒在屋内。

一夜未眠的我，独自登楼远眺。放眼望去，看到的是山色凄迷，万物凋零，西北风无情地吹了一夜，黄色的枯叶纷纷随风飘落，漫天飞舞，高大的树木已经叶凋枝折，眼前的路伸展到与天相接。这样的景象使我更加惆怅。想给远方的心上人寄信，却又路迢迢、水茫茫，无法寄出，不是没有人替我传递，而是根本就不知道心上人现在在哪里。是呀，山高水长，我的心上人呀，你究竟在何方？我对你的思念之情又如何向你诉说呢？

鉴赏

这是一首闺怨词，情致深婉，境界寥廓高远，在婉约派中十分出名。

上片安排一个清秋的环境氛围，将景物人格化，染上主观感情色彩，情景交融，从而很好地烘托主题。上片风格取境较狭，偏于柔婉，下片境界开阔，风格近于悲壮。上片深婉中见含蓄，下片辽远中有蕴涵，王国维曾在《人间词话》中引用“昨夜西风凋碧树，独上高楼，望尽天涯路”，来描述古今成大事业、做大学问者所经历的第一种境界，指的是一种求索精神。

踏莎行

晏　殊

xiǎo jìng hóng xī fāng jiāo lǜ biàn gāo
小径红稀[1]，芳郊绿遍。高

tái shù sè yīn yīn xiàn chūn fēng bù jiě jìn yáng
台树色阴阴[2]见。春风不解禁杨

huā méng méng luàn pū xíng rén miàn
花，濛濛[3]乱扑行人面。

cuì yè cáng yīng zhū lián gé yàn lú xiāng
翠叶藏莺，朱帘隔燕。炉香

jìng zhú yóu sī zhuǎn yī chǎng chóu mèng jiǔ xǐng
静逐游丝转[4]。一场愁梦酒醒

shí xié yáng què zhào shēn shēn yuàn
时，斜阳却照深深院。

注释

① 红稀：花儿稀少、凋谢。

② 阴阴：隐隐约约。

③ 濛濛：形容细雨。此处形容杨花飞散的样子。

④ 游丝转：烟雾旋转上升，像游动的青丝一般。

素描

春末夏初。郊外小路两旁，花儿已经稀疏，只间或看到星星点点的几瓣残红，已萎谢了初春的烂漫；放眼一望，郊外的绿色漫山遍野，芳草芊芊，绿意盎然。浓密的树荫中，高台楼阁隐隐显现。走到高台附近，只见树木繁茂，一片幽深。春风她哪里懂得约束柳絮，任由它漫天飞舞，迷迷蒙蒙，不停地乱扑到游人的脸上。

回到家中，娇啼的莺儿藏在茂密的绿叶中，一双燕子被隔在朱红色门帘之外，呢喃在廊柱梁间。静悄悄的室内，细如丝缕的轻烟从香炉中袅袅上升，在空中来回盘旋。无聊的孤寂，莫名的惆怅，又有谁能明了？

即使是在中午，也只能借酒消愁，酒困入睡……等到一觉醒来，已是日暮时分。

那恼人的春愁啊，怎能排解？只见暮色低沉，斜阳已照入深深的院落中。一天又过去了。

晏殊这首《踏莎行》，好在它写景的艺术技巧。

本词写暮春景色。上片写郊行所见，是一幅芳郊春暮图，紧扣时令特征，又以拟人手法描绘出杨花漫天飞舞的情景，显得生趣盎然。下片转入室内描写，室外与室内转接自然，表现手法是以动衬静。结尾两句，跳开一笔，写到词人日暮酒醒梦觉之时，“斜阳却照深深院”，充裕的时间和空间下，字里行间流露出满足与闲适，间有一丝淡淡的闲愁。

玉楼春

春景

宋祁

dōng chéng jiàn jué fēng guāng hǎo, hú zhòu bō

东城渐觉风光好，縠皱[1]波

wén yíng kè zhào. lǜ yáng yān wài xiǎo hán qīng,

纹迎客棹。绿杨烟[2]外晓寒轻，

hóng xìng zhī tóu chūn yì nào.

红杏枝头春意闹[3]。

fú shēng cháng hèn huān yú shǎo, kěn ài qiān

浮生[4]长恨欢娱少，肯爱[5]千

jīn qīng yī xiào. wèi jūn chí jiǔ quàn xié yáng,

金轻一笑。为君持酒劝斜阳，

qiě xiàng huā jiān liú wǎn zhào.

且向花间留晚照[6]。

注释

① 縠皱：绉纱一类的丝织品，此处比喻水的细微的波纹。

② 烟：指笼罩在杨柳梢的薄雾。

③ 闹：浓盛。

④ 浮生：漂浮不定的短暂人生。

⑤ 肯爱：岂肯吝惜。

⑥ 晚照：夕阳的余辉。

素描

三月，春光渐好。

我独自一人漫步在东城的郊野，呼吸野外自由自在的空气。外面的景色越来越美了。湖面上的春水，波浪轻柔地荡漾，亲切地迎接着游客的船儿到来。绿柳梢外，淡烟漫笼里，清晨的薄雾悠悠飘荡，寒意已减。枝头上红杏盛开，一簇簇，艳艳的，好不热闹！

人生本来就十分短暂，还像浮萍一样飘来飘去，随风不定。我常常痛恨，人的一生中能够拥有的欢乐是多么有限啊！可笑那些庸人，因为吝惜钱财，总是轻易地放弃难得的应该珍惜的笑靥。

我端起斟满美酒的酒杯，劝夕阳不要匆匆坠落，我们一起来干一杯吧！黄昏时分，你那迷人的金色光芒，为什么要急急地收起来，为什么没有想过去亲近那美丽的花丛，哪怕在美丽的花丛中再停留一会儿呢？这样也好让我们尽情地欣赏。

此词是歌咏春天的名篇。词由寻觅春光、赞美春天起，至热爱生活、珍惜生命结。章法井然，开合自如，言情虽缠绵而不轻薄，措词虽华美而不浮艳，将执著人生、惜时自贵、流连春光的情怀抒写得淋漓尽致，具有不朽的艺术价值。

“红杏枝头春意闹”一句，专写杏花如火如荼，以杏花的盛开衬托春意之浓。词人以拟人手法，一个“闹”字，将烂漫的大好春光描绘得活灵活现。王国维《人间词话》评曰：“着一‘闹’字而境界全出。”

采桑子

欧阳修

qún fāng guò hòu xī hú hǎo， láng jí cán

群芳过后西湖好，狼藉[1]残

hóng， fēi xù méng méng， chuí liǔ lán gān jìn

红，飞絮濛濛[2]，垂柳阑干尽

rì fēng。

日风。

shēng gē sàn jìn yóu rén qù， shǐ jué chūn

笙歌散[3]尽游人去，始觉春

kōng。 chuí xià lián lóng， shuāng yàn guī lái xì

空[4]。垂下帘栊[5]，双燕归来细

yǔ zhōng。

雨中。

注释

① 狼藉：散乱的样子。

② 濛濛：细雨迷蒙的样子，此处形容空中飞扬的柳絮。

③ 散：消失。

④ 春空：春天已过。

⑤ 帘栊：窗帘和窗棂，泛指门窗的帘子。

素描

春天快要过去了。

繁花片片谢落，然而，风光依然是美的。

不是吗？低头俯视，只见残花飘落，散乱地抛洒一地，余香四散；抬头仰望，只见天空中到处飞扬着白色的柳絮，就像下着蒙蒙细雨一般。天上地下，红白相映，可爱可怜。清风不停地吹来，垂柳依依，可人地轻拂着窗外的栏杆。春天脚步匆匆，虽然快要离去了，但残花垂柳却也风景依旧，并无衰败的伤感，只是让热爱春天的多情人，心中生出几分怅然若失的感觉。

优美的笙歌已经消散在空中，游人都已离去。这真真切切的静寂，猛然使人真切地感受到春天的离去，心中突然觉得有些寂寞。慢慢地垂下一帘朦胧的暮色，只见细雨中飞来一对归巢的燕子，灵巧可爱，驱走了“人去”的冷落和不快，喜悦随之泛上心头。

西湖的景色真是美啊！

这首词通篇写景，不带明显的主观感情色彩，却从字里行间婉曲地显露出作者的旷达胸怀和恬淡心境。

上片描写群芳凋谢后西湖的恬静清幽之美。下片虚写出过去湖上游乐的盛况，道出了作者复杂微妙的心境。从自然景物的变化中，词人感到春天悄悄离去，便及时调整心态，从虚空中发现美，从寂寞中获得畅适，恰似失落中的一种宽慰。

全词情景俱佳，余韵袅袅，使人不得不叹服作者敏锐的艺术感受。

踏莎行

欧阳修

hòu guǎn méi cán xī qiáo liǔ xì cǎo
候馆[1]梅残，溪桥柳细，草

xūn fēng nuǎn yáo zhēng pèi lí chóu jiàn yuǎn jiàn
薰[2]风暖摇征辔[3]。离愁渐远渐

wú qióng tiáo tiáo bù duàn rú chūn shuǐ
无穷，迢迢[4]不断如春水。

cùn cùn róu cháng yíng yíng fěn lèi lóu gāo
寸寸柔肠，盈盈[5]粉泪，楼高

mò jìn wēi lán yǐ píng wú jìn chù shì chūn
莫近危阑倚。平芜[6]尽处是春

shān xíng rén gèng zài chūn shān wài
山，行人更在春山外。

注释

① 候馆：迎候宾客的馆所。

② 草薰：小草散发的清香，指春天天气渐暖的时候。

③ 摇征辔：指骑马远行。征辔指坐骑的缰绳。

④ 迢迢：形容遥远。

⑤ 盈盈：泪水充盈的样子。

⑥ 平芜：平坦的草地。

素描

早春时节，客舍的道旁，梅花已经开过，枝上残剩的几朵也已枯萎。溪水桥边，柔柳刚抽出嫩枝，细叶尖尖。

远行他乡的游子策马飞奔。陌上野草在暖风里，散发着泥土的芳香。马儿虽然越走越远，可那离愁啊，却渐远渐浓，丝毫没有减退，一如这沿途流淌不尽的春水，绵绵不绝。

眼前的景象不由得使人怅然——想起与闺中佳人分

别后，她该是怎样的柔肠寸断，整日以泪洗面。其实游子何尝不是心怀思念。

啊，绿荫楼头上，孤独一人时，请你莫要把栏杆依偎……

想到这里，更添忧伤，四下眺望，原野一片空寂旷远，芳草连绵的尽头，是隐隐春山沐浴着落晖。行旅中的游子啊，还远在春山之外，那重重叠叠的山峦起伏，只会让人见了心碎。

这首词写的是离愁。

上片从离人一方落笔，梅残、柳细、草薰、风暖，春光正好，他越走离家越远，愁思越来越浓。寥寥数语，便写出了时间、地点、景物、气候、事件和人物的举动、神情。下片写行者的遥想和思妇的别恨。

本词从游子和思妇两个不同的角度深化了离别的主题，一条相思之线将离人与闺中人结成一个艺术整体。词中以春水喻愁，春山拟远，触景生情，赋兼比兴，取得了很好的艺术效果。

生查子

元　　夕

欧阳修

qù nián yuán yè shí huā shì dēng rú zhòu
去年元夜[①]时，花市灯如昼[②]。
yuè shàng liǔ shāo tóu rén yuē huáng hūn hòu
月上柳梢头，人约[③]黄昏后。
jīn nián yuán yè shí yuè yǔ dēng yī jiù
今年元夜时，月与灯依旧。
bù jiàn qù nián rén lèi shī chūn shān xiù
不见去年人，泪湿春衫[④]袖。

注释

① 元夜：元宵之夜。农历正月十五日即元宵节。隋唐以来有元宵观灯的风俗。宋代青年男女有元宵相约幽会的风习。

② 昼：白天。

③ 约：相约。

④ 春衫：少年穿着的衣服，可延伸到年少时的自己。

素描

记得去年元夜的时候，灯市如白昼，我在茫茫的人流中不停地走着，各种各样的花灯发出璀璨的光芒，可我却无心欣赏，因为最亲爱的人儿正在那低低的垂柳之下等候。想着那时，圆圆的月亮低垂在树梢，她的脸在月光和灯光的交相辉映下，俏丽万分，楚楚动人。那是多么让人心醉呀！

可是今年元夜，物是人非，各种彩灯依然发出绚丽的光芒，我眼睛里含着泪水，机械地随着人流奔走，下意识看看我们爱情的见证——那棵低低的杨柳，月亮依然低垂，可树下却是空空如也。我欲驻足片刻，可是无情的人流却把我推向前方，回首望去，杨柳低低的枝条似乎也在向我挥手告别，这时我的泪水再也抑制不住了，夺眶而出，就连青衫也被浸湿了。心爱的人儿已经不在了，又有谁能明白我面对此情此景的感受呢？

唐宋年间，元宵不仅是观灯赏月的佳节，也是青年男女谈情说爱的良时。

词的上片写去年元夜情事，下片写今年元夜相思之苦，表达出词人对昔日恋人的一往情深。在写法上，采用了去年与今年的对比手法，使得今昔情景之间形成哀乐迥异的鲜明对比，从而有效地表达了词人所欲吐露的爱情遭遇上的伤感、苦痛体验。元夜、灯、月、人等字面互相映照，这种文义并列的分片结构，形成回旋咏叹的重叠，读来一咏三叹，情真语切，令人感慨。

“月上柳梢头，人约黄昏后”是千古名句。

蝶恋花

欧阳修

tíng yuàn shēn shēn shēn jǐ xǔ　yáng liǔ duī

庭院深深深几许？杨柳堆

yān　lián mù wú chóng shù　yù lè diāo ān　yóu

烟[1]，帘幕无重数。玉勒雕鞍[2]游

yě chù　lóu gāo bù jiàn zhāng tái　lù

冶处[3]，楼高不见章台[4]路。

yǔ hèng fēng kuáng sān yuè mù　mén yǎn huáng

雨横风狂三月暮。门掩黄

hūn　wú jì liú chūn zhù　lèi yǎn wèn huā huā

昏，无计留春住。泪眼问花花

bù yǔ　luàn hóng fēi guò qiū qiān qù

不语，乱红飞过秋千去。

注释

① 堆烟：形容杨柳浓密。

② 玉勒雕鞍：指华贵的车马。

③ 游冶处：指歌楼妓馆。

④ 章台：汉长安街名。《汉书·张敞传》有"走马章台街"语。唐许尧佐《章台柳传》,记妓女柳氏事。以章台为歌妓聚居之地。

素描

庭院深深,深深庭院。

这庭院里,藏有多少幽深,直让人恍恍惚惚。

清晨,满庭低拂的杨柳,密密地笼着,如烟,如雾。而沉沉垂下的,是一重重紧闭的帘幕。

华丽的车马疾驰而过,不知去往何处游乐。我独倚栏杆寻望,楼遮,树掩,不见那花街柳巷。

这一天,真是漫长。

窗外,雨,凄紧了;风,渐狂了。它们是那么无情,风吹雨打，摧残着三月里的春暮。

又到了黄昏时分，掩门枯坐，苦恨没法把这剩余的春光留住。

我含着热泪询问落花，想泣诉心中的怨苦。可是，落花沉默相对，无一言语，却又一片片，带着晚春的凋残，随风飘散飞过秋千去。

又过了一天。

这是一首闺怨词，以生动的形象、清浅的语言，含蓄委婉、深沉细腻地表现了闺中思妇复杂的内心感受，是闺怨词中传诵千古的名作。

上片着重写景，此词首句“深深深”三字，其用叠字之工，致使全词的景写得深，情写得深，由此而生的意境也深。庭院深深，帘幕重重，女主人仿佛被囚其中。下片着重写情，人的命运和花的命运如此相似。“泪眼问花花不语，乱红飞过秋千去”，包含着无限的伤春之感。

桂枝香

金陵怀古

王安石

dēng lín sòng mù zhèng gù guó wǎn qiū tiān

登临送目[1]，正故国晚秋，天

qì chū sù qiān lǐ chéng jiāng sì liàn cuì

气初肃[2]。千里澄[3]江似练[4]，翠

fēng rú cù guī fān qù zhào cán yáng lǐ bèi

峰如簇。归帆去棹[5]残阳里，背

xī fēng jiǔ qí xié chù cǎi zhōu yún dàn xīng

西风，酒旗斜矗。彩舟云淡，星

hé lù qǐ huà tú nán zú

河鹭起，画图难足。

niàn wǎng xī fán huá jìng zhú tàn mén wài

念往昔，繁华竞逐，叹门外

lóu tóu bēi hèn xiāng xù qiān gǔ píng gāo duì

楼头，悲恨相续。千古凭高，对

cǐ màn jiē róng rǔ Liù Cháo jiù shì suí liú
此谩嗟荣辱[6]。六朝旧事随流

shuǐ dàn hán yān shuāi cǎo níng lǜ zhì jīn shāng
水，但寒烟衰草凝绿[7]。至今商

nǚ shí shí yóu chàng hòu tíng yí qǔ
女[8]，时时犹唱，后庭遗曲。

注释

① 送目：远望。

② 初肃：开始萧肃。形容草木枯落，天气寒而高爽。

③ 澄：清澈。

④ 练：白色的绸带。

⑤ 归帆去棹：指远行的船只。

⑥ 谩嗟荣辱：空叹历朝兴衰。

⑦ 凝绿：深绿色。

⑧ 商女：歌女。

素描

登高临水，极目远望，正是萧萧秋色，漫入金陵古都，天气初透出冷寂的清疏。

你看那长江，澄澈、平静、幽远，多像一条又宽又长的白绸；那远处苍翠的山峰，又多么像箭头；斜阳余辉中，江面上千船万帆，来来往往；酒楼上悬挂的布招帘，在西风中飘扬；远望那浩浩长江，好似一条天河；彩舟在天际的烟雾中时隐时现，就像在淡云薄雾中行驶；那江中水洲上的白鹭鸟也纷纷起飞。江山如此壮丽，难以用图画描绘。

回溯往昔，曾有多少繁华竞逐。可叹的是，往往兵临城下，人们还沉醉在歌舞宴饮的楼头。于是，身囚的悲哀，国亡的憾恨，一朝一代地延续。千百年来，人们到此登临，只徒然嗟叹兴衰荣辱。啊，六朝旧事，已随江水流逝，残留一页历史让人回眸。眼前只剩下叶叶秋草，凝着颓绿缭绕在寒烟里。至今，那茶楼酒肆的歌女不知亡国之恨，隔着江岸，仍旧柔声低唱《玉树后庭花》。

此词为别创一格、非同凡响的杰作。

全词开门见山，写作者于一个深秋的傍晚，在南朝古都金陵胜地，临江揽胜，凭高吊古。上片状景，下片抒情。写景层次分明、笔法洗练。抒情立意高远，语调悲凉雄健。到“但寒烟”句时，全词达到高峰，寓有作者对当时北宋弱势渐呈而仍歌舞升平的忧患之感，言至此却意犹未尽，遂有“至今商女，时时犹唱，后庭遗曲”之句，将忧患之感显于纸面，而使韵味更加悠长、隽永。

浪淘沙令

王安石

yī lǚ liǎng shuāi wēng lì biàn qióng tōng
伊吕两衰[①]翁，历遍穷通[②]。

yī wéi diào sǒu yī gēng yōng ruò shǐ dāng shí
一为钓叟[③]一耕佣。若使[④]当时

shēn bù yù lǎo le yīng xióng
身不遇，老了英雄。

tāng wǔ ǒu xiāng féng fēng hǔ yún lóng xīng
汤武偶相逢，风虎云龙，兴

wáng zhǐ zài xiào tán zhōng zhí zhì rú jīn qiān zǎi
王只在笑谈中。直至如今千载

hòu shéi yǔ zhēng gōng
后，谁与争功！

注释

① 衰：衰弱的。

② 穷通：穷，处境困窘；通，处境顺利。

③ 叟：老翁。

④ 若使：假如。

素描

谁都知道伊尹和吕尚两个老头儿，他们的一生中大起大落，经历了人生的窘迫和穷困，又尝遍了世道的荣华与富贵。他们既做过终日生活在底层的无名小辈，又担任过辅佐国家的良相贤臣。一位曾经是终日在溪边钓鱼的老翁，一位是为富人劳苦耕作的仆佣。试想，如果当初他们没有遇到那雄才大略的帝王，两位英雄也只能在默默无闻中老死。

终于有一天，怀才不遇的他俩与英明的成汤和周武王偶然相遇了，彼此欣赏，君臣之间惺惺相惜。是呀，一旦英明的君主得到了贤臣，金子也就发出了闪亮的光芒，犹如青龙腾起而云气生，猛虎呼啸而劲风起。不是吗？他们在轻松笑谈之间就已经筹划好了帝国振兴的伟业。现在，已经过去几千年了，又有谁能对他们辅佐君主建立功业的能力，有丝毫怀疑呢？又有谁能够超过他们呢？

鉴赏

这是一首咏史词，歌咏了伊尹和吕尚"历遍穷通"的遭际和名垂千载的功业。这首词不是一般古代词人那种空泛的咏史作品，而是一个政治家鉴古论今真实感情的流露。

这首咏史词，充分表达了王安石变法的决心和勇气。

清平乐

春晚

王安国

liú chūn bù zhù fèi jìn yīng ér yǔ mǎn
留春不住，费尽莺儿语。满
dì cán hóng gōng jǐn wū zuó yè nán yuán
地残红[1]宫锦[2]污，昨夜南园
fēng yǔ
风雨。

xiǎo lián chū shàng pí pá xiǎo lái sī rào tiān
小怜初上琵琶，晓来思绕天
yá bù kěn huà táng zhū hù chūn fēng zì zài
涯。不肯画堂朱户[3]，春风自在
yáng huā
杨花。

注释

① 残红：指万花凋零。

② 宫锦：喻指花朵。

③ 朱户：此处指权贵人家。

素描

在南院徐徐漫步，到处都是一片晚春的景象，万花凋零。这时，耳边响起了黄莺清脆的啼叫，仿佛是要把残败的暮春留下来似的。可是，多情的黄莺真能把春留下来吗？昨天下了一夜春雨，园子里，花朵凋谢，残红败蕊，满地飘零，狼藉不堪。百花盛开时，花儿灿烂本如宫锦，可如今却被糟蹋得不成样子了。

远处传来了歌女弹奏的阵阵琵琶声，那弦弦声声都是惜春惜花之情呀！可是，如今春天已经归去，看到锦瑟年华悄悄流逝，怎么不使人思绪万分？人的生命不也是像春天那样容易流逝吗？而我人生的抱负又什么时候能够实现呢？请看，那如雪的满天柳絮，是那样自由自在，飞向山坡，飞向河畔，飞向茅屋，可始终不肯飞入那权贵人家的画堂朱户……这种景象不值得人深思吗？

是呀，如果要我投靠那些达官贵人，我宁愿像杨花一样自由自在地飞舞。

鉴赏

此词交叉地写听觉与视觉的感受，从音响与色彩两个方面勾勒出一幅残败的暮春图画，表达了词人伤春、惜春、慨叹美好年华逝去的情怀，寄寓了作者深沉的身世感慨。

古来伤春愁秋的诗词多得不可胜数，这类被人嚼烂了的题材，却是历代不乏佳篇，王安国这首《清平乐》就是这样的好词。

卜算子

送鲍浩然之浙东

王 观

shuǐ shì yǎn bō héng shān shì méi fēng jù
水是眼波横①，山是眉峰聚②。

yù wèn xíng rén qù nǎ biān méi yǎn yíng yíng chù
欲问行人去那边？眉眼盈盈③处。

cái shǐ sòng chūn guī yòu sòng jūn guī qù
才始④送春归，又送君归去。

ruò dào jiāng nán gǎn shàng chūn qiān wàn hé chūn zhù
若到江南赶上春，千万和春住。

注释

① 水是眼波横：古人多以秋水比喻美人的眼神，这里以美人的眼波比喻江南明丽的水。

② 山是眉峰聚：古人曾以“如望远山”形容美人的眉色，这里以美人的双眉比喻江南秀美的山。

③ 盈盈：美好的样子。

④ 才始：刚才。

素描

哦，朋友，你此行将去哪里？

你是要去江南吗？

那杏花春雨的江南，那曾经被文人墨客反复歌咏的江南，那梦中的江南啊！

江南清澈的流水，如眼波深情的顾盼；而那眼波的深情顾盼，又恰似江南清澈的流水。

江南团簇的山峦，似黛眉含愁的蹙聚；而那黛眉含愁的蹙聚，又恰似江南团簇的山峦。

你要去的，正是那青山簇拥间，秀水盈盈处。

这里，我们才刚刚黯然送走芬芳消歇的三月春暮，又依依难舍，送你独自归去。

当你到了江南，赶上明媚的春光，请你，请你千万要——与春一起同住。

别了，朋友！

说不定，我们会相聚在江南。

哦，那梦中的江南！

这是一首送别词，以轻松活泼的笔调、巧妙别致的比喻、风趣俏皮的语言，表达了作者送别友人鲍浩然时的心绪和对友人的祝愿。

上片着重写友人一路山水行程，形成了一种朦胧的意境，人、景、情融为一体，很难说作者主要是状景不言人。下片转而着重写季节，而季节又恰好与归家者心情相配合。既灵动活泼，又情谊深长，在送别作品中别具一格。

水调歌头

苏　轼

bǐng chén zhōng qiū huān yǐn dá dàn dà zuì zuò cǐ

丙辰中秋，欢饮达旦，大醉，作此

piān jiān huái zǐ yóu

篇，兼怀子由。

míng yuè jǐ shí yǒu bǎ jiǔ wèn qīng tiān

明月几时有？把酒[1]问青天。

bù zhī tiān shàng gōng què jīn xī shì hé nián wǒ

不知天上宫阙，今夕是何年。我

yù chéng fēng guī qù yòu kǒng qióng lóu yù yǔ gāo

欲乘风归去，又恐琼楼玉宇[2]，高

chù bù shèng hán qǐ wǔ nòng qīng yǐng hé

处不胜寒。起舞弄清影[3]，何

sì zài rén jiān

似[4]在人间！

zhuǎn zhū gé dī qǐ hù zhào wú mián bù

转朱阁，低绮户，照无眠。不

yīng yǒu hèn hé shì cháng xiàng bié shí yuán rén yǒu
应有恨，何事长向别时圆？人有

bēi huān lí hé yuè yǒu yīn qíng yuán quē cǐ shì gǔ
悲欢离合，月有阴晴圆缺，此事古

nán quán dàn yuàn rén cháng jiǔ qiān lǐ gòng
难全。但[5]愿人长久，千里共

chán juān
婵娟[6]。

注释

① 把酒：端起酒杯。把，执、持。

② 琼楼玉宇：指月中宫殿。

③ 弄清影：指月下起舞，影随人动。

④ 何似：哪像。

⑤ 但：只。

⑥ 婵娟：美好，此处指月色。

素描

明月，你什么时候才开始出现？我高举酒杯，仰问苍茫的青天。不知天上巍峨的广寒宫殿，今夜是什么日子？我真想乘一缕清风归去，遁离喧嚣不宁的尘寰。但回返天上，又怕琼楼玉宇里难以长期居住，因那里离地面实在太高，我受不了那刺骨的风寒。若跻身月中，固然无限清高，却又无比凄凉。还不如跟月下的影子翩翩起舞，虚渺的天宇，又怎么比得上身在人间！

月影移动，如水的月光流转过朱红的楼阁，低低地透过雕花的窗户，照得床上失眠的人儿更难以合眼。月亮呵，你不该对人间有什么怨恨，可为什么总在亲人分别时，偏偏又圆又亮？啊，人生，免不了要遭受悲欢离合的变迁；月亮，免不了要经历阴晴圆缺的转换。这些事自古以来就如此，那又何必为别离而悲伤？只要人们能健康长寿，哪怕远隔千里，也能在这个时刻一起仰望这明月。这，难道不也是一种团聚吗？

这是苏轼的代表作之一，全词境界阔大，想象奇特，显示出作者矛盾的心理与旷达的个性，被推许为中秋词中的绝唱。

上片写中秋赏月，开头笔力遒劲，奇想突出。两个设问，如凌虚而来，落笔奇崛。接着，自问自答，抒写出世的渴望与担心。下片写别情。“人有悲欢离合，月有阴晴圆缺”，将人事翻覆、自然变化融为一体，重在前者，而又扣紧中秋赏月的主旨。结尾二句，在有限的个人情感世界里大踏步超越出来，放眼人间，发出最衷心的祝愿：“但愿人长久，千里共婵娟”。

念奴娇

赤壁[1]怀古

苏 轼

dà jiāng dōng qù làng táo jìn qiān gǔ fēng
大江东去，浪淘尽、千古风
liú rén wù gù lěi xī biān rén dào shì sān
流人物[2]。故垒西边，人道是、三
guó zhōu láng chì bì luàn shí chuān kōng jīng tāo
国周郎赤壁。乱石穿空，惊涛
pāi àn juǎn qǐ qiān duī xuě jiāng shān rú huà
拍岸，卷起千堆雪[3]。江山如画，
yī shí duō shǎo háo jié
一时多少豪杰！

yáo xiǎng gōng jǐn dāng nián xiǎo qiáo chū jià
遥想公瑾[4]当年，小乔[5]初嫁
liǎo xióng zī yīng fā yǔ shàn guān jīn tán
了，雄姿英发。羽扇纶巾[6]，谈

xiào jiān qiáng lǔ huī fēi yān miè gù guó shén
笑间、强虏[7]灰飞烟灭。故国神

yóu duō qíng yīng xiào wǒ zǎo shēng huá fà
游，多情应笑我、早生华发[8]。

rén shēng rú mèng yī zūn hái lèi jiāng yuè
人生如梦，一樽还酹[9]江月。

注释

① 赤壁：东汉末年孙权、刘备联军击败曹操大军的地方，今湖北武昌县西，或蒲圻县西。

② 风流人物：杰出的人物。

③ 雪：这里是将浪花比作雪。

④ 公瑾：周瑜，字公瑾。

⑤ 小乔：乔公的小女儿，周瑜的夫人。

⑥ 羽扇纶巾：古代儒将装束，形容周瑜态度从容。

⑦ 强虏：此处借指曹操水军。

⑧ 华发：白发。

⑨ 酹：古人祭奠时把酒洒在地上，词人在这里是洒酒酬月，寄托自己的感情。

素描

浩瀚的长江水滚滚东流，千古以来，多少英雄豪杰像一去不复返的波浪，都已纷纷消逝。在那旧时营垒的西边，人们说那就是当年周瑜大败曹操的赤壁。陡峭的石壁直插天空，耳边听到了惊天动地的拍岸波涛声，而白茫茫的江面上，层层浪花，如卷起千万堆白雪。这美丽如画的江山啊，引得历代多少英雄豪杰为之倾倒。

想当年，周瑜青春年少，风华正茂，少年拜将，美貌的小乔刚嫁给他。他身穿便服，摇着羽扇，言谈精辟，从容不迫。在与友人谈笑之间，强悍的敌人被他的一把大火烧得灰飞烟灭，曹军惨败落荒而逃。当年赤壁大战的情景，一幕幕在我眼前映过，令人神往心驰，我多么希望像他们那样，成就一番英雄事业！也许该笑我如此多情善感，使得头发这么早就斑白了。人生在世，真像一场春梦，短暂虚渺，转瞬即逝。我还是斟满一杯酒，来敬祭这江上的一轮明月吧！

这首名作是宋词中流传最广、影响最大的作品，也是豪放词最杰出的代表。

本词由三大板块构成，雄奇壮丽的江山、叱咤风云的豪杰、老大无成的我。作品笔力雄健，意境宏大，风格豪放，昂扬郁勃，把人们带入江山如画、奇伟雄壮的景色和深邃无比的历史沉思中，唤起读者对人生的无限感慨和思索，后人推许为“古今绝唱”。

水龙吟

次韵章质夫《杨花词》

苏 轼

sì huā hái sì fēi huā, yě wú rén xī cóng
似花还似非花，也无人惜从

jiào zhuì pāo jiā bàng lù, sī liáng què shì,
教[①]坠。抛家傍路，思量却是，

wú qíng yǒu sī. yíng sǔn róu cháng, kùn hān jiāo
无情有思。萦[②]损柔肠，困酣娇

yǎn, yù kāi hái bì. mèng suí fēng wàn lǐ, xún
眼，欲开还闭。梦随风万里，寻

láng qù chù, yòu hái bèi yīng hū qǐ.
郎去处，又还被、莺呼起。

bù hèn cǐ huā fēi jìn, hèn xī yuán luò
不恨此花飞尽，恨西园、落

hóng nán zhuì. xiǎo lái yǔ guò, yí zōng hé zài,
红难缀[③]。晓来雨过，遗踪何在，

yī chí píng suì chūn sè sān fēn èr fēn chén
一池萍碎[4]。春色三分，二分尘

tǔ yī fēn liú shuǐ xì kàn lái bù shì yáng
土，一分流水。细看来，不是杨

huā diǎn diǎn shì lí rén lèi
花，点点是、离人泪。

注释

① 从教：任凭。

② 萦：指愁思萦回。

③ 缀：连结。

④ 一池萍碎：苏轼自注："杨花落水为浮萍，验之信然。"

素描

似花，又不是花，没有花的浓郁芳菲，没人爱惜，任凭其从漫天里飘上坠下。抛别了故枝，依傍路边忽高忽低地纷飞，人们道是无情，可细细想来，那一片片缠绵轻盈，不正是柔美的无限情思吗？萦萦绕绕，时隐时现地飘转，就像佳人百结的愁肠，寸寸摧折，又像佳人娇困，睡意蒙眬；更像是思妇，寻觅情郎的梦魂，追逐清风万里飘随，偏又被黄鹂啼声惊断，好梦无法追回。

不恨这杨花飞尽，只恨落红铺满西园，难以复原，再不能重缀旧枝。等明天清晨一阵雨过，晴光里芳踪何在？

噢，杨花倩影，尽成了一池细碎的浮萍，而三分春色，有二分已随柳絮化为尘土，一分又与柳絮随流水东逝。

可仔细寻看，啊，那千点万点，不是杨柳的飘絮，分明是离别的人们点点滴滴的相思泪。

鉴赏

《水龙吟》借暮春之际“抛家傍路”的杨花，化“无情”之花为“有思”之人，幽怨缠绵而又空灵飞动地抒写了带有普遍性的离愁。

上片借杨花之飘舞以写思妇由怀人不至引发的恼人春梦，咏物生动真切，言情缠绵哀怨，情景交融，轻灵飞动。下片以落红陪衬杨花，曲笔传情地抒发了对于杨花的怜惜。篇末“细看来，不是杨花，点点是、离人泪”，千百年来为人们反复吟诵、玩味，堪称神来之笔。

卜算子

黄州定慧院①寓居作

苏　轼

quē yuè guà shū tóng lòu duàn rén chū jìng
缺月挂疏桐，漏②断人初静。

shí jiàn yōu rén dú wǎng lái piāo miǎo gū hóng yǐng
时见幽人③独往来，缥缈孤鸿影。

jīng qǐ què huí tóu yǒu hèn wú rén xǐng
惊起却回头，有恨无人省④。

jiǎn jìn hán zhī bù kěn qī jì mò shā zhōu lěng
拣尽寒枝不肯栖，寂寞沙洲冷。

注释

① 定慧院：今湖北黄冈市东南。苏轼初贬黄州，寓居于此。

② 漏断：漏，指更漏，古人计时用的漏壶。漏断指深夜。

③ 幽人：幽居的人。

④ 省：领悟，了解。

素描

夜深人静之时，一个人在禅院的园子里徘徊，这段时间的人情变故呀，让我思索良久而迟迟不能入睡。

园子里，凉风习习，残月斜斜地挂在老梧桐树稀疏的枝条上，漏壶中的水声渐滴渐消，而我的身影却依然独自飘零在园子中，就像天上的孤雁。

那孤单的大雁呀，独自在如此漆黑的夜里飞行，不知经受过了多少惊吓。它惊恐不安，心怀幽恨，多少次回头，唯恐有什么东西从暗处飞来，伤害自己。你们看，在它身下有着无数的枝头，每一个枝头都是很好的休息场所，可是它都不肯栖息。因为每一次栖息都可能招致莫名的祸害，所以它只能独自落宿于那荒冷的沙洲。

睹物思人，看到它，想起自己的身世，我不禁长长叹了一口气。是呀，我又何尝不是如此呢，一个人寄宿于这荒凉的寺院！

本词成功地塑造了孤鸿的形象，它高傲孤独，自甘寂寞，同时又惊魂未定，有恨难诉。其实，这正是作者自我形象的写照。

全词意境清幽，寄托遥深。词人以象征手法，匠心独运地通过鸿雁的孤独缥缈，惊起回头、怀抱幽恨和选求宿处，表达了作者贬谪黄州时期的孤寂处境和高洁自许、不愿随波逐流的心境。

江城子

密州[1]出猎

苏轼

lǎo fū liáo fā shào nián kuáng zuǒ qiān
老夫聊[2]发少年狂[3]，左牵
huáng yòu qíng cāng jǐn mào diāo qiú qiān jì juǎn
黄[4]，右擎苍[5]，锦帽貂裘，千骑卷
píng gāng wèi bào qīng chéng suí tài shǒu qīn shè
平冈[6]。为报倾城随太守，亲射
hǔ kàn sūn láng
虎，看孙郎。

jiǔ hān xiōng dǎn shàng kāi zhāng bìn wēi
酒酣胸胆尚[7]开张，鬓微
shuāng yòu hé fáng chí jié yún zhōng hé rì
霜，又何妨。持节[8]云中，何日
qiǎn féng táng huì wǎn diāo gōng rú mǎn yuè xī
遣冯唐？会[9]挽雕弓如满月，西
běi wàng shè tiān láng
北望，射天狼[10]。

注释

① 密州：今山东诸城。

② 聊：姑且，暂且。

③ 狂：狂妄。

④ 黄：黄犬。

⑤ 苍：苍鹰。

⑥ 孙郎：三国时吴主孙权，曾骑马射虎，此处作者以孙权自比。

⑦ 尚：更加。

⑧ 节：兵符。

⑨ 会：定将。

⑩ 天狼：星名。古人认为天狼星主侵略，此处喻指对宋有侵略行径的辽河西夏。

素描

我虽然快要年迈苍苍，偶尔也学一下年轻人的豪放，出城去打猎。

左手牵着黄毛猎犬，右臂上托着的苍鹰不停地扇动翅膀。戴着锦缎织就的帽子，穿着貂皮裘衣。随我而来的人马奔腾在山野之间，疾风般卷过平坦的山冈。为了感谢全城人跟随我出猎，我要像当年的孙权那样，亲自弯弓射猛虎，一显身手。

酒已经喝得很多，我沉醉在酒后的快乐中，胸襟更加开阔，胆气越发豪爽；虽然鬓发已微微染上白霜，可这对我又算得了什么呢？我要像汉代云中的太守魏尚，盼望被重新起用，奔赴疆场，持节的冯唐你什么时候来到我的身旁？到那时，我一定能拉开千斤宝弓，让弓弦张得像十五的月亮一样满；箭头对准西北边境上的顽敌，射穿那给国家带来灾难的天狼！狠狠抗击侵略者，力保祖国边疆和百姓的安宁。

全词以实带虚，虚实并举，不仅写出了“倾城随太守”的盛大狩猎场面，更把出猎与保卫边境安全、维护国家统一这一爱国思想联系起来。

这首词音韵响亮高亢，节奏紧凑有力，恰如其分地表现出射猎时的雄伟气势和昂扬的报国立功热情。由于宋朝积弱，面对西夏和辽国的军事威胁，只能以求和换取苟安局面。苏轼以一介书生请缨杀敌，表现出崇高的思想境界。

此词的出现，一扫词为艳科的旧规陋习，以横槊赋诗的气概，开创了宋代豪放词的新时代。

江城子

乙卯[1]正月二十日夜记梦

苏轼

shí nián shēng sǐ liǎng máng máng bù sī
十年生死两茫茫。不思
liáng zì nán wàng qiān lǐ gū fén wú chù
量，自难忘。千里[2]孤坟[3]，无处
huà qī liáng zòng shǐ xiāng féng yīng bù shí chén
话凄凉。纵使相逢应不识，尘
mǎn miàn bìn rú shuāng
满面，鬓如霜[4]。

yè lái yōu mèng hū huán xiāng xiǎo xuān chuāng
夜来幽梦忽还乡，小轩窗，
zhèng shū zhuāng xiāng gù wú yán wéi yǒu lèi
正梳妆。相顾[5]无言，唯有泪
qiān háng liào dé nián nián cháng duàn chù míng yuè
千行。料得[6]年年肠断处：明月
yè duǎn sōng gāng
夜，短松冈[7]。

注释

① 乙卯：北宋熙宁八年(1075)。

② 千里：指相隔遥远。

③ 孤坟：指结发妻子王弗之墓。

④ 霜：比喻白发。

⑤ 顾：看。

⑥ 料得：想来。

⑦ 松冈：也指王弗墓。古人葬地多种松柏。

素描

转眼便是十年时光，你去了黄泉，我仍在人世间东飘西荡。生与死把我们无情地隔绝，谁也不知对方的情况。我尽量克制自己，不要回忆过去的生活，可就是不去细想，你的身影也时常浮现在我的面前，始终难忘！你孤身静卧在凄凉的墓中，远在千里之外，而我向谁去诉说这心中的苦痛和悲凉！不过，即使我们能再度相逢，我想你也认不出我来了。由于数年来奔波劳苦，如今，我已满面憔悴，两鬓斑白。

想不到昨天夜里做梦，梦中竟能如愿回到你的身边，回到阔别多年的故乡。见到你与往常一样正在小窗前梳妆打扮，你见到我只是久久地望着，一动也不动，竟然连一句话也说不出来。只有热泪尽情滑落，止也止不住……

早已料到，你为思念我而年年肝肠寸断的所在，就在那明月映照下凄凉的夜晚，周围种满矮松的山冈。

这是一首悼亡词，作者结合自己十年来政治生涯中的不幸遭遇和无限感慨，写出了对亡妻永难忘怀的真挚情感和深沉的忆念。

全篇采用白描手法，细节勾画，虚境实写，跌宕顿挫，出语平淡朴实，处处如家常话语，却字字是从肺腑镂出，抒写深婉至情，震撼读者心弦。

蝶恋花

春景

苏轼

huā tuì cán hóng qīng xìng xiǎo yàn zǐ fēi
花褪[1]残红青杏小。燕子飞

shí lǜ shuǐ rén jiā rào zhī shàng liǔ mián chuī
时，绿水人家绕。枝上柳绵[2]吹

yòu shǎo tiān yá hé chù wú fāng cǎo
又少，天涯何处无芳草！

qiáng lǐ qiū qiān qiáng wài dào qiáng wài xíng
墙里秋千墙外道。墙外行

rén qiáng lǐ jiā rén xiào xiào jiàn bù wén shēng
人，墙里佳人笑。笑渐不闻声

jiàn qiāo duō qíng què bèi wú qíng nǎo
渐悄，多情[3]却被无情[4]恼[5]。

注释

① 褪：褪色，萎谢。

② 柳绵：即柳絮。

③ 多情：指行人过分多情。

④ 无情：指墙内荡秋千的佳人毫无觉察。

⑤ 恼：撩拨。

素描

春光明媚，我走在明艳的阳光里，边走边欣赏这大好的春色，那占尽早春风情的杏花已经谢尽，如今枝头的青杏已经清晰可见，让人喜爱。矫健的小燕子在头顶飞来飞去，春水一汪汪，清澈见底，鱼儿在水中欢快地游来游去，绿水绕着村里的人家，好一派人与自然的亲和图！我缓缓走下小渠，路两边有柳絮零星飞舞，比几天前我经过的时候已经少了很多，但是我一点也不伤感，即使是春天去了，它还是会再回来的。放眼远望，芳草连着天边长，满眼的春色，让人难以释怀。

路过一处人家，高高的院墙阻隔了我的视线，看不到里面的春光。忽然，传来一阵年轻姑娘的欢笑，知道有人在墙内荡秋千。我走在高墙外面的道路上，听着佳人的欢笑，想象着她的举动，真的很想一睹芳颜……我知道自己又在胡思乱想了，不禁自责起来。我加快了脚步，欢笑声渐渐地听不见了，心里不知为何却充满了惆怅……

面对春天归去，词人努力从人世中找回青春的感觉，最后仍不免自寻烦恼。

词的上片写景，婉约中有豪放。下片写人，欢乐中蕴含低沉。词人虽然写的是情，但其中也渗透着人生哲理。在江南暮春的景色中，作者借墙里与墙外、佳人与行人一个无情一个多情的故事，寄寓了他的忧愤之情，也蕴含了他充满矛盾的人生悖论的思索。

这种既矛盾又复杂的心态，成为全词的主旋律，令人有一唱三叹之感。

浣溪沙

苏轼

sù sù yī jīn luò zǎo huā, cūn nán cūn
簌簌①衣巾落枣花，村南村

běi xiǎng sāo chē, niú yī gǔ liǔ mài huáng guā.
北响缫车②，牛衣古柳卖黄瓜。

jiǔ kùn lù cháng wéi yù shuì, rì gāo rén kě
酒困路长唯欲睡，日高人渴

màn sī chá, qiāo mén shì wèn yě rén jiā.
漫思茶③，敲门试问野人家。

注释

① 簌簌：形容花落。

② 缫车：抽丝之具。

③ 漫思茶：很想喝茶。

素描

初夏时节，我走进一个村庄。村里的人来来往往地忙碌着，那些有力气的扛着锄头，牵着黄牛，三三两两下地去了。我走得也有些累了，于是就在村头的一棵大枣树下坐下，打算歇歇脚。我深深地吸了一口气，枣花的清香沁人心脾。我用衣襟拭了拭汗，这时有些许清风拂过，枣花竟然簌簌地落满了一身。这里的人大概善于纺丝，村南村北缫车的嗡嗡声响成一片。有老农在推着板车叫卖黄瓜，车上套着的老牛不时地哞哞直叫，或许是天太热了吧，连它也有些受不了了。

唉，走路走多了，如同酒喝多了，老是想睡觉。我不由得伸了个懒腰。想想我的漫漫长路，抬头看看还悬在空中的热力四射的大太阳，更觉出自己的疲乏，同时也觉得口渴得厉害。我拂了拂衣襟上的枣花，四下里看了看，发现不远处有个可以喝茶的人家，于是我站起身，向那人家走去……

本词清新朴实，明白如话，生动真切，栩栩传神。上片写景写人，并点出季节，有声有色地渲染出浓厚的农村生活气息。下片记事，转写作者村外旅行中的感受和活动。一则显示出词人热爱乡村、平易朴实的情怀，二则暗示了乡间民风的淳厚。

这首词在艺术上颇具匠心，它从农村习见的典型事物入手，意趣盎然地表现了淳厚的乡村风味。作品既刻画出了初夏乡间生活的逼真画面，又记下了作者路途的经历和感受，为北宋词的内容开辟了新天地。

浣溪沙

苏　轼

yóu qí shuǐ qīng quán sì　sì lín lán xī　xī shuǐ xī
游蕲水[①]清泉寺，寺临兰溪，溪水西

liú
流。

shān xià lán yá duǎn jìn xī　sōng jiān shā
山下兰芽[②]短浸溪，松间沙

lù jìng wú ní　xiāo xiāo mù yǔ zǐ guī tí
路净无泥，萧萧暮雨子规[③]啼。

shéi dào rén shēng wú zài shào　mén qián liú
谁道人生无再少[④]？门前流

shuǐ shàng néng xī　xiū jiāng bái fà chàng huáng jī
水尚能西，休将白发唱黄鸡[⑤]。

注释

① 蕲水：今湖北浠水县，黄冈东。

② 兰芽：指兰草刚刚冒出的新芽。

③ 子规：杜鹃鸟。

④ 无再少：不能回到少年时代。

⑤ 休将白发唱黄鸡：指不要感叹岁月流逝，自伤衰老。

素描

暮春三月，我在兰溪幽静的岸边漫步，山下小溪潺湲，岸边的兰草刚刚萌生出娇嫩的幼芽，在荡漾的水波中忽隐忽现。松林间的沙路，仿佛经过清泉冲刷，一尘不染，异常洁净，让人不忍心往上踏。林间风声如潮，松涛阵阵，似乎是合着我脚步的节拍。看着自己的脚印，觉得和年轻时的脚印并没有什么分别，转眼之间，在不断的辗转流徙之中已经过了大半个人生。回想起人群中种种人情百态、捉摸不定的脸谱，真是难免有寂寞和悲凉之感。

我低着头，数着自己的脚印，心中的滋味难以名状。

暮色渐浓，眼前迷离难辨，我的心里盈满了难以述说的哀伤。松涛忽然变得汹涌起来，一阵急雨落下，我一口气跑到附近的一个寺院门前，雨也细了下来，我停下来定了定神，寺外林中传来了杜鹃的啼声。寺院门前的流水竟然是向西流去的，流水尚能向西，我也不能一味说自己老了吧。

这首词从山川景物着笔，意旨却是探索人生的哲理，表达作者热爱生活、旷达乐观的人生态度。寺门前西流的溪水，给他以鼓舞，觉得青春将重放光彩。本词乃逆境中的自强之歌。

上片写暮春三月兰溪幽雅的风光和环境，作者选取几种富有特征的景物，描绘出一幅明丽、清新的风景画，令人身临其境，心旷神怡，表现出词人爱悦自然、执着人生的情怀。下片迸发出使人感奋的议论，结尾两句以溪水西流的个别现象，即景生感，借端抒怀，自我勉励，表达出词人虽处困境而老当益壮、自强不息的精神。

卜算子

李之仪

wǒ zhù cháng jiāng tóu, jūn zhù cháng jiāng
我住长江头，君[①]住长江

wěi. rì rì sī jūn bù jiàn jūn, gòng yǐn cháng
尾。日日思君不见君，共饮长

jiāng shuǐ.
江水。

cǐ shuǐ jǐ shí xiū, cǐ hèn hé shí yǐ.
此水几时休，此恨何时已[②]。

zhǐ yuàn jūn xīn sì wǒ xīn, dìng bù fù xiāng
只愿君心似我心，定不负[③]相

sī yì.
思意。

注释

① 君：你。

② 已：消失、停止。

③ 负：辜负。

素描

又来到江边洗涤，每当这个时候，我的思绪就和不尽的长江之水一样漫长不绝，总是想起不久前和你的一次偶遇。

你从画舫里闪出，英伟的身影一下映在我的眼前，气宇轩昂。我停下手中的活儿，看着你走到面前，原来你们多日漂流，想在此处补充点食物。我将你带到家里，给你做了一些干粮，你再三感谢，并将自己的住处也告诉了我，希望还能有再见的日子。

可是我知道，我们很难再见，可还是情不自禁地想你。我住在长江的上游，你就住在长江的下游，我们喝的同是长江的水，你能从中感觉到我对你的日夜思念吗？只希望你和我一样，也是这样想念我，不辜负我对你的一片情意……

我定了定神，眼前仍只有滔滔江水滚滚东去。

开头两句，“我”“君”对起，而一住江头，一住江尾，见双方空间距离之悬隔，也暗寓相思之情的悠长。三四两句，从前两句直接引出。江头江尾的万里遥隔，引出了“日日思君不见君”这一主干；而同住长江之滨，则引出了“共饮长江水”。

下片仍紧扣长江水，承上“思君不见”，进一步抒写别恨。此词以祈望恨之能已反透恨之不能已，变民歌、民间词之直率热烈为深挚婉曲，变重言错举为简约含蓄。词风清新，语言质朴，复沓回环，感情真率，具有乐府民歌的特点。

谢池春

李之仪

cán hán xiāo jìn shū yǔ guò qīng míng
残寒销尽，疏雨过，清明

hòu huā jìng liǎn yú hóng fēng zhǎo yíng xīn zhòu
后。花径敛余红，风沼萦新皱①。

rǔ yàn chuān tíng hù fēi xù zhān jīn xiù zhèng
乳燕穿庭户，飞絮沾襟袖。正

jiā shí réng wǎn zhòu zhuó rén zī wèi zhēn
佳时，仍晚昼。着人②滋味，真

gè nóng rú jiǔ
个浓如酒。

pín yí dài yǎn kōng zhǐ nèn yàn
频③移带眼，空只恁④、厌

yàn shòu bù jiàn yòu xiāng sī jiàn le hái yī
厌⑤瘦。不见又相思，见了还依

jiù wéi wèn pín xiāng jiàn hé sì cháng xiāng
旧。为问频相见，何似长相

shǒu tiān bù lǎo rén wèi ǒu qiě jiāng cǐ
守？天不老，人未偶。且将此

hèn fēn fù tíng qián liǔ
恨，分付⑥庭前柳。

注释

① 皱：水面的涟漪。

② 着人：让人感觉到。

③ 频：经常。

④ 恁：这样，如此。

⑤ 厌厌：同“恹恹”，精神不振的样子。

⑥ 分付：交托。

素描

一场春雨一场暖。

昨夜的一场小雨过后，果然不如先前冷了。我在院中的小径上漫步。昨夜的风雨，又使落英满径，看着那些枯萎衰败的花朵，真的不忍心踏上去，心想自己终有一朝春尽红颜老。此时，微风拂过池塘，波痕渺渺。小燕子时而绕户，时而绕池，上下翻飞。不知不觉中，一天将尽。移步池边，池水映出我憔悴不堪的容颜。我在池边呆呆伫立，直到柳絮落满衣襟。不想相思偏又相思，个中滋味，浓得像酒，难以名状。

眼见着自己日日空瘦，难耐相思之苦，那种无休无止的思念，真不知道该用什么样的勇气去承受。可是见了面以后，也不能分毫改变我们的现状。与其频繁相见，还不如长相厮守。可是，人生的事情谁又能说得准呢？一想到以后，我就有一种惴惴不安的感觉，唉，先不要想这么多了吧，就暂且将无限心事托付给庭前的垂柳吧。

上片写景，笔锋触及了构成春天景物的众多方面，又各用一个非常恰当的动词把它们紧密相联，有声有色，有动有静。

过片后的四个五言句，是这首词抒情部分的核心内容，把“不见”和“相见”、“相见”和“相守”逐对比较。冠以“为问”二字，表明这还只是一种认识，一种追求，可是“天不老，人未偶”，仍然不得解决。“天不老”，也就是天无情，不肯帮忙，于是“人未偶”，目前还处于离别相思的境地，实在没有办法，只好“且将此恨，分付庭前柳”，留下了各式各样的思索的余地，显得含蓄而隽永。

清平乐

黄庭坚

chūn guī hé chù? jì mò wú xíng lù。

春归何处？寂寞无行路[1]。

ruò yǒu rén zhī chūn qù chù，huàn qǔ guī lái tóng zhù。

若有人知春去处，唤取[2]归来同住。

chūn wú zōng jì shéi zhī? chú fēi wèn qǔ huáng lí。

春无踪迹谁知？除非问取[3]黄鹂。

bǎi zhuàn wú rén néng jiě，yīn fēng fēi guò qiáng wēi。

百啭[4]无人能解[5]，因风飞过蔷薇。

注释

① 无行路：没有留下行踪。

② 唤取：呼唤。取为语气助词。

③ 问取：询问。

④ 百啭：不停地鸣叫。

⑤ 解：理解，听懂。

素描

艳阳暖暖地照着生机勃勃的大地，黄鹂也唱着婉转的曲子，这该是一年中最好的春光吧？我缓步出门，迈上溪边的小渠。映入眼帘的是一地油绿的庄稼，小溪旁也寂寂的无人行走，只有鱼儿在追逐着水中的落英，陪伴我的只有片片飞花。唉，何时春花已经没有声息地开始谢了？春天匆匆而来，匆匆而去……

春天啊，你到底去了哪里，有人知道吗？如果有人知道，能不能再把她唤回来？微风袭来，我定了定神，知道时光匆促，无可挽回，春去了就是去了，是没有办法追回的。我们可以看看翠柳枝头欢啼的黄莺，它们为何在明媚的日子里如此卖力地啼鸣？谁又能明白它们啼鸣的深意呢？大部分时候，它们的啼鸣都随着春风飞过丛丛蔷薇，飘然而逝了。面对一派残春，想想我一生中最美好的时光也就要无声无息地过去，我不由得加快了脚步。

鉴赏

本词堪称寻找春天的童话。词人将春幻想成美丽的仙子，不仅寻找她的踪迹，还要留春同住。词人找啊找啊，蔷薇花开，夏天来了。本词构思新奇，笔致轻灵，寄意深婉，广为传诵。

鹧鸪天

晏几道

cǎi xiù yīn qín pěng yù zhōng dāng nián
彩袖殷勤捧玉钟①，当年

pàn què zuì yán hóng wǔ dī yáng liǔ lóu xīn
拚②却醉颜红。舞低杨柳楼心

yuè gē jìn táo huā shàn dǐ fēng
月，歌尽桃花扇底风。

cóng bié hòu yì xiāng féng jǐ huí hún mèng
从别后，忆相逢，几回魂梦

yǔ jūn tóng jīn xiāo shèng bǎ yín gāng zhào
与君同③？今宵剩④把银釭⑤照，

yóu kǒng xiāng féng shì mèng zhōng
犹恐相逢是梦中。

注释

① 玉钟：酒杯的美称。

② 拚：不顾惜。

③ 同：聚在一起。

④ 剩：尽情、只管。

⑤ 银釭：银质的灯台。

素描

还记得我们的初次相见吗？

筵席上的你，飘着盈盈彩袖，殷勤地捧起酒杯，一盅，两盅……

当年的我，甘愿畅饮，一盏，两盏……醉得双颊泛着绯红……

随后，你翩翩起舞，舞落中天明月，在绿杨掩映的楼上，你歌喉婉转，尽情歌唱。

微醉的我，看得不由得痴了……

良宵苦短，那个晚上很快就过去了，我们不得不分别。

岁月流逝，自从别离后，已过了很久，而我常想起你我的初次相逢，多少回欢聚，醒来，才知道是一缕梦魂与你随同。而今夜，眼前的你让我犹疑是在梦中。于是，我手持银灯，细看你一颦一笑的艳容，只怕这个意外相见，倏然间消失，又是一场虚空的梦。

这首词是作者脍炙人口的名作，写词人与一个女子的久别重逢。

作品采取逆入顺写的结构，分追忆、思念、重逢三个层次，构成尽情狂欢、深深怀念、疑真成梦三大感情高潮。全词短短50余字，而能造成两种境界，互相补充配合，或实或虚，既有彩色的绚烂，又有声音的谐美，足见晏几道词艺之高妙。通篇词情婉丽，读来沁人心脾。后人称赞“舞低杨柳楼心月”一联，说“知此人必不生于三家村中者”。

清平乐

晏几道

liú rén bù zhù，zuì jiě lán zhōu qù。
留人不住，醉解兰舟[①]去。
yī zhào bì tāo chūn shuǐ lù，guò jìn xiǎo yīng
一棹[②]碧涛春水路，过尽晓莺
tí chù。
啼处。

dù tóu yáng liǔ qīng qīng，zhī zhī yè yè lí
渡头杨柳青青，枝枝叶叶离
qíng。cǐ hòu jǐn shū xiū jì，huà lóu yún
情。此后锦书[③]休寄，画楼云
yǔ wú píng。
雨[④]无凭[⑤]。

注释

① 兰舟：此处泛指船只。

② 棹：船桨，代指船。

③ 锦书：锦字书。前秦苏若兰织锦为字成回文诗，寄给丈夫窦滔，后世泛指情书。

④ 云雨：隐喻男女欢情。

⑤ 无凭：没有凭据，靠不住。

素描

春天的早晨，鸟儿不住地啼叫，万物开始萌发生机，可是我却不得不经受离别的痛苦。

每次想起和他相识之时的情景，就感到揪心的疼痛，我苦苦挽留，而他却执意归去。他喝得酩酊大醉，走向船头，一点留恋都没有。

他的兰舟轻快地驶离后，旅途一定轻松愉快吧，一路上都是碧绿的清水、婉转的莺啼，可我却只能独自咽下苦涩的泪。

渡口的杨柳，泛着青青的颜色，轻轻飘拂的枝叶，似乎也在诉说着离别的忧愁。看着他大醉的样子，我又是心疼又是气愤。算了吧，既然你忍心离我而去，以后就不要再给我寄什么情书了。什么海誓山盟，什么白头偕老，都已时过境迁了。

起笔"留人不住"四字，扼要地写出送者、行者双方不同的情态，一个诚意挽留，一个去意已定。接下来写分手前的饯行酒宴。写景浑然一体，却包含两种不同情感的象征。

结句写情，却突然转折，说出决绝的话，其实这是负气之言，其中暗含难言之隐。总之，结尾两句以怨写爱，抒写出因多情而生绝望，而绝望恰表明不忍割舍之情的矛盾情怀。后人评论说"结语殊怨，然不忍割"，真是很深透。

阮郎归

晏几道

tiān biān jīn zhǎng lù chéng shuāng yún suí
天边金掌[①]露成霜，云随

yàn zì cháng lǜ bēi hóng xiù chèng chóng yáng
雁字长。绿杯红袖[②]趁重阳，

rén qíng sì gù xiāng
人情[③]似故乡。

lán pèi zǐ jú zān huáng yīn qín lǐ jiù
兰佩紫[④]，菊簪黄[⑤]，殷勤理旧

kuáng yù jiāng chén zuì huàn bēi liáng qīng gē mò
狂[⑥]。欲将沉醉换悲凉，清歌莫

duàn cháng
断肠。

注释

① 天边金掌：此处借代宋代都城汴京的景物。

② 绿杯红袖：代指美酒佳人。

③ 人情：风土人情。

④ 兰佩紫：佩戴紫色兰花，为古时重阳节的活动。

⑤ 菊簪黄：发间插黄色菊花，是古时重阳节的活动。

⑥ 理旧狂：重又显出从前狂放不羁的情态。

素描

又是一年重阳节。天边，铜人仙掌上的白露凝结成了秋霜。飘游的云絮，随一行飞雁长长远去。岁月如水，我知道，凡是美丽的，总不肯，也不会为谁长久地停留。所以，还是趁着眼前不仅有绿杯美酒，还有红袖佳人相伴，在这个重阳佳节饮个痛快，一醉方休！身处异地又何妨，因为此地人情醇厚好似故乡。

眼前的欢乐，让我感觉像是回到了少年时代，那就索性在衣襟上佩一串幽香的紫兰，在风尘仆仆的鬓发上，插入一枝淡洁的黄菊，直须聊作旧时的自在和疏狂。

世态是如此炎凉，让我想要宽解也难。不如忘了吧，现在什么都不要去想，姑且去做一个自由人。再斟满酒，我只想斜倚在沉醉里，忘却人生的失意悲凉。噢，红袖佳人啊，莫要将那凄清的词曲再唱，清歌一曲，恐怕会勾起往事的回忆，那样我又要愁断肝肠了。

这首词词风凝重深沉，含不尽之意，写重阳节有感，主题始终在两个层面之间交叉换位。

一个层面是正面的，如秋景之美、宴饮之乐、主人情意之深、重阳风俗之醇、沉醉之酣畅、清歌之悦耳，既赞美故乡人情之美，表达出思乡心切的情怀，又赞美了重阳友情之美。另一个层面是负面的，词人仕宦连蹇，委屈处世，难得放任心情，今日偶得自在，于是不妨再理旧狂，以不负友人的一片盛情。此中的层层挫折，重重矛盾，把意境推向比以前更为深厚的高度。

结尾两句是写词人想寻求解脱、忘却，而又明知这并不能换来真正的欢乐，这是真正的悲哀。

御街行

晏几道

jiē nán lǜ shù chūn ráo xù xuě mǎn yóu
街南绿树春饶[1]絮，雪[2]满游
chūn lù shù tóu huā yàn zá jiāo yún shù dǐ
春路。树头花艳杂娇云，树底
rén jiā zhū hù běi lóu xián shàng shū lián gāo
人家朱户[3]。北楼闲上，疏帘高
juǎn zhí jiàn jiē nán shù
卷，直见街南树。

lán gān yǐ jìn yóu yōng qù jǐ dù huáng
阑干倚尽犹慵[4]去，几度黄
hūn yǔ wǎn chūn pán mǎ tà qīng tái céng bàng
昏雨。晚春盘马[5]踏青苔，曾傍

lǜ yīn shēn zhù luò huā yóu zài xiāng píng kōng
绿荫深驻。落花犹在，香屏空

yǎn rén miàn zhī hé chù
掩，人面知何处？

注释

① 饶：充满，多。

② 雪：此处形容白色的柳絮。

③ 朱户：指大户人家。

④ 慵：困倦。

⑤ 盘马：骑马驰骋盘旋。

素描

春光是那么美好。

难得的空闲，我信步走上北楼，放眼向南望去，看见成行的柳树和那么多说不出名字的花树，柳絮的雪白和鲜花的红艳交织生辉，形成灿烂的云朵。游人行走的春天的小路由于柳絮的飘落，远远望去就像覆盖了一层细细的小雪。在那漫天飘舞的飞絮和翠绿的枝条下，一处红砖绿瓦的大户人家若隐若现。

凭栏眺望的游人渐渐散尽，黄昏几度飘起了阵阵的小雨，可我还痴痴地凝望远方，久久不愿离开。就是那年的晚春，我骑马信步走在青苔上，在那绿荫深处久久徘徊，透过一户人家的屏风，我发现了自己心中苦苦追寻的美人。可是现在，虽然花儿依然随风飘落，屏风依然半开半掩，但我心中的可人儿呀，却不再出现。美丽的她到底在何方？游人越来越稀少，天色渐暗，而我这游子只能满怀失望惆怅，离开了那个令人伤心的地方。

此为冶游之作。全词以含蓄有致的笔触，从眼前景物咏起，渐渐勾起回忆，抒写了故地重游中的恋旧情怀。

上片写景。起首四句，是北楼南望中的景色和意想。正因鸟瞰，才能看得见成行的柳树和别的花树、漫天飞絮。这里是词中人昔游之地。对景惆怅如此，必有值得永久纪念的特殊情事。于是，结尾点明词旨，词中人只于北楼闲望，原来他已经访过不曾出现的伊人了，她那里断无消息，唯“香屏空掩”而已。

思远人

晏几道

hóng yè huáng huā qiū yì wǎn qiān lǐ niàn
红叶[1]黄花[2]秋意晚，千里念
xíng kè fēi yún guò jìn guī hóng wú xìn
行客。飞云过尽，归鸿[3]无信，
hé chù jì shū dé
何处寄书得？

lèi tán bù jìn lín chuāng dī jiù yàn
泪弹不尽临窗滴，就砚
xuán yán mò jiàn xiě dào bié lái cǐ qíng shēn
旋[4]研墨。渐写到别来，此情深
chù hóng jiān wéi wú sè
处，红笺为无色[5]。

注释

① 红叶：枫叶。

② 黄花：菊花。

③ 归鸿：南归的大雁。

④ 旋：随即。

⑤ 红笺为无色：彩笺被泪水浸湿而褪色。

素描

霜染枫叶，红了；篱边菊花，黄了。

正是寒意已深、清疏冷落的晚秋季节。日子过了这么久，远行在外的游子，你为何仍然迟迟未归，让闺中人如何不牵挂？远在千里的人儿呀，你可知道我的思念么？

怅然远望，天边，云絮飘尽，一行归雁横斜着从天边飞来。可是，它们并没有带来你的书信，本想托寄书信给你，可是我竟然连寄往何方都不知道。

独倚窗前，越想越伤心，一任伤心的泪水夺眶而出。就着一方石砚，和着涔涔泪水，把它研成浓郁的墨泽，可是谁又能分清这是墨还是泪呢？无法排遣这苦痛的相思呀，只能提笔挥洒，书写出分别后相思的苦涩，而情到深处，是那么凄恻，那么痴绝，就连那一纸红笺，也因为泪水的浸润而黯然褪色。

起首两句，写女主人公因悲秋而怀远，既点明时令、环境，又点染烘托主题。后面词意陡转：因无处寄书，更增悲感而弹泪，泪弹不尽而临窗滴下，有砚承泪，遂以研墨作书。

下片出人意表，另开思路。无论是泪、墨、红笺，都融进闺人的深情之中，物与情已浑然一体。此词就“寄书”二字发挥，写以泪研墨，泪滴红笺，情愈悲而泪愈多，竟至笺上的红色褪尽。收语写闺人此时作书，纯是自我遣怀，她把自己全部的内心力量投进其中，感情也升华到物我两忘的境界。

用夸张的手法表情达意，写出感情发展的历程，是此词艺术上的突出特点。

临江仙

晏几道

mèng hòu lóu tái gāo suǒ, jiǔ xǐng lián mù dī
梦后楼台高锁，酒醒帘幕低

chuí. qù nián chūn hèn què lái shí. luò huā rén
垂。去年春恨却来[1]时。落花人

dú lì, wēi yǔ yàn shuāng fēi.
独立，微雨燕双飞。

jì dé xiǎo pín chū jiàn, liǎng chóng xīn zì luó
记得小蘋初见，两重心字罗

yī. pí pá xián shàng shuō xiāng sī. dāng shí
衣[2]。琵琶弦上说[3]相思。当时

míng yuè zài, céng zhào cǎi yún guī.
明月在，曾照彩云归。

注释

① 却来：又来，再来。

② 心字罗衣：领口如心形的丝织衣衫。

③ 说：用弹奏的音乐来倾诉。

素描

梦，醒了，高高楼台笼锁着暗淡无声的一层尘灰；酒，醒了，帘幕将蚀骨的冷寂低低沉沉地掩垂。这时，去年春天的愁绪暗暗袭来。孤独的我，久久地伫立。庭院落花正纷纷飘落，细雨迷茫里，一对紫燕翩翩穿飞。花落春逝，微雨牵愁，往日的欢乐已难觅踪影，可双飞的燕子啊，你怎么也如此无情，让我这孤寂的人，满怀悲哀向谁去倾诉？

无奈之中，只有无穷无尽的回忆伴随着我。最记得那一次，与小蘋初识，在宾主听歌饮酒的宴会上，她一袭绿绸衣裙，襟前两重心字饰缀，飘然若仙子。纤指轻轻抚弄着琴弦，好像在诉说她的一腔心思，那如怨如慕的相思意味，我听得清彻明白。良宵苦短，酒尽、歌散、人归。当时，中天的明月，泻下一院银白色的清辉，照着她的倩影，轻轻盈盈，似一片彩云飘归。我望着她的离去倩影，怅然若失。

鉴赏

这是一首怀人词。“落花人独立，微雨燕双飞”是名句，写的是孤独的词人久久地站立庭中，对着飘零的片片落英；又见双双燕子在霏微的春雨里轻快地飞去飞来。“落花”与“微雨”，本是极清美的景色，在本词中，却象征着芳春过尽，伤逝之情油然而生。

全词凄艳深婉，情痴意真，是晏几道的代表作，堪称婉约词中的绝唱。

浣溪沙

秦　观

mò mò qīng hán shàng xiǎo lóu xiǎo yīn wú
漠漠①轻寒上小楼，晓阴②无

lài sì qióng qiū dàn yān liú shuǐ huà píng yōu
赖③似穷秋④。淡烟流水画屏幽。

zì zài fēi huā qīng sì mèng wú biān sī yǔ
自在飞花轻似梦，无边丝雨

xì rú chóu bǎo lián xián guà xiǎo yín gōu
细如愁。宝帘⑤闲挂⑥小银钩。

注释

① 漠漠：形容寂静无声。

② 阴：阴云。

③ 无赖：无奈，无可奈何。

④ 穷秋：晚秋。

⑤ 宝帘：缀有珠宝的帘子。

⑥ 闲挂：很随意地挂着。

素描

微明的天光中，我慢慢地踱到栏杆处，一股寒气袭来。天空中弥漫着阴霾，丝般的细雨无边无际、悄无声息地播撒着，我的心似乎也随着雨丝渐渐地往下沉，往下沉……

轻寒、细雨、落花、轻眠。

我的心浸在无边的阴云和无际的寒意中，觉得自己慢慢地冷寂下去。轻轻叹了一口气，慢慢转过身来，眼前朦胧一片，房内的光线黯淡如我此时的心境，还未熄的蜡烛在眼前摇曳，往日的一幕幕也在心里忽明忽晦。想着想着，不禁泪满双颊。我坐在桌前，周遭寂寞宁静，室中的画屏无言地伫立身后，往日鲜活的图案此时也愈发沉闷，小桥流水，轻烟漠漠……室外无边的细雨依然无休无止，这无边的细雨、片片的飞花，还有黯淡的晨光，使得眼前的世界宛若一个依稀的旧梦。忽然一阵风来，我眼前的残烛无声无息地灭了，只剩下挂帘的银钩在孤寂地摇晃、摇晃……

鉴赏

本词写春愁，以轻浅的色调、幽渺的意境，描绘一个女子在春阴的怀抱里所生发的淡淡哀愁和轻轻寂寞。全词意境怅静悠闲，含蓄有致，令人回味无穷，一咏三叹。

满庭芳

秦观

shān mǒ wēi yún tiān lián shuāi cǎo huà jiǎo
山抹微云，天连衰草，画角

shēng duàn qiáo mén zàn tíng zhēng zhào liáo gòng
声断谯门[1]。暂停征棹[2]，聊共

yǐn lí zūn duō shǎo péng lái jiù shì kōng huí
引[3]离樽。多少蓬莱旧事，空回

shǒu yān ǎi fēn fēn xié yáng wài hán yā wàn
首，烟霭纷纷。斜阳外，寒鸦万

diǎn liú shuǐ rào gū cūn
点，流水绕孤村。

xiāo hún dāng cǐ jì xiāng náng àn jiě
销魂[4]，当此际，香囊暗解，

luó dài qīng fēn màn yíng dé qīng lóu bó xìng
罗带轻分。漫赢得，青楼薄幸

míng cún cǐ qù hé shí jiàn yě jīn xiù
名存。此去何时见也？襟袖

shàng kōng rě tí hén shāng qíng chù gāo chéng
上，空惹啼痕。伤情处，高城

wàng duàn dēng huǒ yǐ huáng hūn
望断，灯火已黄昏。

注释

① 谯门：城门上望远的楼。

② 征棹：远行的船。

③ 引：举。

④ 销魂：形容愁苦之情。

素描

声声清寒的号角在空城吹起，对面原本低着头一动不动静坐的你，此时也像是从梦中惊醒一样，抬起头来含情脉脉地望着我，我不敢看你蓄满清泪的双眼，把目光移向远山流水。山脉起伏流动，宛如你深锁的双眉，那轻轻萦绕的烟云，就是我对你不变的深情。那远处的流水有多远，我对你的依恋就有多深。零星的寒鸦渐飞渐远，我的思绪也越来越飘忽，往日的热闹喧嚣，把酒论英雄的慷慨豪情，如今早已灰飞烟灭，昔人何在？

此情此景，物是人非。夕阳慢慢沉下去了，我的心也像灌了铅一样。这些年来，一直混迹于青楼，不明真相的人都以为我轻薄无赖，生活颓废，可又有谁能真正读懂我的内心？周遭的人来了又去了，只有你还在这里，是我唯一的知己。想起昨夜肝肠寸断，我还能看到你隐隐的啼痕，暮色越来越浓，灯火也如晨星般次第显现，我的心浸在夜色里，没有一丝光亮……

起拍开端“山抹微云，天连衰草”，雅俗共赏，只此一个对句，便足以流芳词史。“山抹微云”，非写其高，概写其远。它与“天连衰草”，互衬出极目天涯的意境。

秦观的这首《满庭芳》中，“山抹微云”的“抹”字和“天连衰草”的“连”字，用得非常奇妙。由于词人别出新意用了这两个字，使深秋景色如同画卷一样鲜明。苏轼就非常欣赏这两句，曾戏称：“山抹微云秦学士，露花倒影柳屯田。”“露花倒影”是柳永《破阵子》中的第一句。而秦观的词在不知不觉中也受到柳永词的影响。

鹊桥仙

秦观

xiān yún nòng qiǎo fēi xīng chuán hèn yín
纤云弄巧，飞星[1]传恨，银

hàn tiáo tiáo àn dù jīn fēng yù lù yī xiāng
汉[2]迢迢[3]暗渡。金风玉露[4]一相

féng biàn shèng què rén jiān wú shù
逢，便胜却人间无数。

róu qíng sì shuǐ jiā qī rú mèng rěn
柔情似水，佳期如梦，忍

gù què qiáo guī lù liǎng qíng ruò shì jiǔ cháng
顾[5]鹊桥归路。两情若是久长

shí yòu qǐ zài zhāo zhāo mù mù
时，又岂在朝朝暮暮[6]！

注释

① 飞星：流星。

② 银汉：天河。

③ 迢迢：遥远的样子。

④ 金风玉露：秋风白露。

⑤ 忍顾：怎忍回看。

⑥ 朝朝暮暮：指朝夕相聚。

素描

暮色沉沉，秋虫轻吟，周遭宁静安谧。这是一个难得的七夕，我和你相偎坐在石阶上，浸在绵密无尽的夜色里，一起仰望天空。想象着天上的爱情，是谁为谁流泪到天明？

天上云卷云舒，流星瞬息即逝，一如人生的聚合无常和生命的短暂无痕，使人平添无尽的怅惘和无奈。想那牛郎织女，一年虽然只有一次欢会，还要越过迢迢银河，但仍两情依依，千年不舍，已不知胜过了人间多少旷男怨女。想象他们似水的柔情，遥遥难耐的佳期，他们每次临别一定不忍心看鹊桥归路吧？天亮的时候，一定是一步一回首，一步一串珠泪。

不过，我觉得这样也大可不必，其实若是两情不移，忠心不变，也不一定非要朝朝暮暮相互厮守在一起，人生本来就是充满了生死离别之苦，情意绵绵之乐本来就是短暂的，我们又何必要自寻烦恼呢？

鉴赏

此词句句写天上，而又句句写人间，悲欢离合，起伏跌宕，融情、景、理于一炉。“两情若是久长时，又岂在朝朝暮暮”为篇中名句。世人咏七夕往往以聚少离多为憾恨，而此词赞颂天长地久的相爱，追求一种超越世俗的高洁永恒的爱情境界，认为只要两情久长忠贞不移，无须求朝朝暮暮的厮守，真可谓惊世骇俗，掷地有声。此词之所以超出同类词作，传诵不衰，正在这命题的高绝。

踏莎行

贺　铸

yáng liǔ huí táng yuān yāng bié pǔ lǜ píng
杨柳回塘①，鸳鸯别浦②，绿萍
zhǎng duàn lián zhōu lù duàn wú fēng dié mù yōu
涨断莲舟路。断无蜂蝶慕幽
xiāng hóng yī tuō jìn fāng xīn kǔ
香，红衣③脱尽芳心苦。

fǎn zhào yíng cháo xíng yún dài yǔ yī
返照④迎潮，行云⑤带雨，依
yī sì yǔ sāo rén yǔ dāng nián bù kěn jià
依似与骚人⑥语。当年不肯嫁
chūn fēng wú duān què bèi qiū fēng wù
春风，无端却被秋风误。

注释

① 回塘：曲折的水塘。

② 别浦：江河支流的入水口。

③ 红衣：形容荷花红色的花瓣。

④ 返照：夕阳的回光。

⑤ 行云：流动的云。

⑥ 骚人：诗人。

素描

从未见过一片这样的荷塘。花开得如此之艳，却没有人迹。塘边杨柳环绕，池中的鸳鸯也在尽情嬉戏，浮萍长得十分茂密，几乎不见水的影子，似乎将兰舟的来路都切断了，只有鸳鸯游过才能得见清幽的绿水。亭亭的荷花开得真盛啊，却不见蜜蜂和蝴蝶在花间翻飞的忙碌景象，真是辜负了这一片大好的荷花。

一阵微风拂过，荷花的清香阵阵袭来，花开得如此热闹，与周围的冷清很不相称。早开的荷花已是残红不见，也没有了当初的万般风情，似乎尝遍了世间百态的苦涩，虽然换了样子，改了形态，但只有莲心的苦涩依旧。看它们的种种情形，与古往今来的文人墨客的吟诵很是相像。

想想人生也是如此，我清高自赏，知音稀少，无人相和，不也恰似这片孤寂的荷花吗？回想曾经有过机会，自己却没有抓住。在人生的秋季，再慨叹春风又有什么意义呢？

此词全篇咏写荷花，借物言情。词中以荷花自况，以荷花的清亮绝俗不免凋零清苦，寄托个人身世的感喟，抒写怀才不遇的苦闷。

上片将荷花比作亭亭玉立的美人，明显带有拟人色彩，将咏物、拟人、托寓结合得天衣无缝，既切合荷花的形态和开花结果过程，又非常自然地暗示出了人的处境。

下片巧妙地将荷花开放凋谢与它的生性品质、

命运遭际联系在一起，荷花、美人与词人三位而一体，咏物、拟人与自寓完美结合。作者在词中隐然将荷花比作一位幽洁贞静、身世飘零的女子，借以抒发才士沦落不遇的感慨。

青玉案

贺铸

líng bō bù guò héng táng lù dàn mù
凌波① 不过横塘② 路，但目

sòng fāng chén qù jǐn sè huá nián shéi yǔ
送、芳尘③ 去。锦瑟华年④ 谁与

dù yuè qiáo huā yuàn suǒ chuāng zhū hù zhǐ
度？月桥花院，琐窗⑤ 朱户，只

yǒu chūn zhī chù
有春知处。

fēi yún rǎn rǎn héng gāo mù cǎi bǐ xīn tí duàn
飞云冉冉蘅皋⑥ 暮，彩笔新题断

cháng jù ruò wèn xián qíng dōu jǐ xǔ yī chuān yān
肠句。若问闲情都几许？一川⑦ 烟

cǎo mǎn chéng fēng xù méi zǐ huáng shí yǔ
草，满城风絮，梅子黄时雨！

注释

① 凌波：形容女子轻盈的步伐。

② 横塘：今江苏苏州西南。

③ 芳尘：美人经过时扬起的尘土，借指美人。

④ 锦瑟华年：美好的年华。

⑤ 琐窗：雕有花纹的窗。

⑥ 蘅皋：长满香草的水边高地。

⑦ 一川：满地。

素描

我终于还是和她错失一面！日夜思念的姑娘，在我到来的那一瞬，正好起身离去，我是怎样地悔恨和遗憾啊！等我如飞般追出去的时候，还是只看到她曼倩的背影正依依袅袅地绕过了院中的池塘。我真想冲过去叫住她，不过理智制止了我，只有目送她的芳影远去。

我也没有心情再回去，信步走上池塘边的小径。心里面满是她的影子，也盈满了难以诉说的惆怅和悲哀。不知道心爱的姑娘住在何处，也不知道她任何详细的情况。这样想着，觉得自己孤寂冷落，日子顿时没了生趣。看着眼前的繁花和寂寞的石桥，紧锁的朱门乌户，不知道能不能和她共度余生？抬头看天空中云卷云舒，我禁不住写下了这样断肠的字句。不过，这也减轻不了痛切的思念和怀想。无边无尽的相思和愁绪，就像是漫山遍野的淡烟雾草，像那满城四处飘飞的柳絮，像那黄梅成熟时节的细细梅雨，绵长浓密！

上片写词人目送姑娘走远，不知她住在何方，感叹只有春天才会知道她的居处，而词人自己幽居独处，对美人的思恋十分殷切。

下片写春天亦将归去，希望愈发渺茫。结尾一连三个比喻，以江南初夏的凄迷景色形容自己内心的惆怅，以景结情，收束全篇。全词语言华丽，用典深婉，比喻形象贴切。

伴云来

天 香

贺 铸

yān luò héng lín shān chén yuǎn zhào lǐ yǐ
烟络横林，山沉远照，逦迤

huáng hūn zhōng gǔ zhú yìng lián lóng qióng cuī jī
黄昏钟鼓。烛映帘栊，蛩催机

zhù gòng kǔ qīng qiū fēng lù bù mián sī guī
杼[1]，共苦清秋风露。不眠思归，

qí yìng hè jǐ shēng zhēn chǔ jīng dòng tiān yá
齐应和、几声砧杵。惊动天涯

juàn huàn qīn qīn suì huá xíng mù
倦宦，骎骎[2]岁华行暮。

dāng nián jiǔ kuáng zì fù wèi dōng jūn yǐ
当年酒狂自负，谓东君[3]、以

chūn xiāng fù liú làng zhēng cān běi dào kè qiáng
春相付。流浪征骖北道，客樯

nán pǔ yōu hèn wú rén wù yǔ lài míng yuè

南浦。幽恨无人晤语。赖明月

céng zhī jiù yóu chù hǎo bàn yún lái hái jiāng

曾知旧游处，好伴云来，还将

mèng qù

梦去。

注释

① 蛩催机杼：因蟋蟀鸣声像“织、织”，故云。

② 骎骎：形容马奔跑的样子，此处比喻岁月流逝得非常快。

③ 东君：即司春之神，此处指掌握词人命运的君王。

素描

我骑在疲弱的马上，又迎来一个黄昏时分。此时，暮霭氤氲，萦绕着远处展伸的林带；天边落日的余晖，渐渐隐没在蜿蜒起伏的群山中；隐隐约约传来一声声报时的钟鼓，眼看夜幕就要降临。我的思绪也随着钟声的荡漾慢慢泛开来：人生恨事真多！不禁想那深夜的无眠的思妇，伴着孤寂的青灯，与她们的声声机杼和鸣的，只有寒冷夜里的秋虫。我和她们一样也是辗转反侧。静夜里农妇挥杵捣衣的声音也格外清晰，一声声地敲进了我的耳中。她们在为远方的丈夫准备过冬的寒衣吧？

看着眼前摇曳的青灯，回想年轻时尚气使酒，自视甚高，满以为司春之神会垂青于我，在生活道路上洒下一片明媚的春光。谁知道多年来仕途坎坷，沉沦下僚，竟被驱来遣去，南北奔波，无有宁日。青春消歇，事业蹉跎，心里面真的恨恨不已，很想对知心的人诉说我的悲凉和失落。但是冷驿长夜，形只影独，只有月亮明白我的寂寥。

全词融情入景，景略情繁，笔锋主要围绕情思盘旋，以健笔写柔情，抒写了游宦羁旅、悲秋怀人的落寞情怀。

上片起三句写旅途中黄昏时目之所接、耳之所闻，接着词人忽地一笔跳开，转而写自己所受的震动：岁月如骏马奔驰，又是一年行将结束了。下片词人痛楚地写出了人生的秋天，以极为含蓄的表达方式将自己的怀人情绪表露出来。

全词笔力遒劲，挥洒自如，读来令人感慨万千。

石州慢

贺铸

bó yǔ shōu hán xié zhào nòng qíng chūn yì
薄雨[1]收寒，斜照弄晴，春意
kōng kuò cháng tíng liǔ sè cái huáng yuǎn kè yī
空阔。长亭柳色才黄，远客一
zhī xiān zhé yān héng shuǐ jì yìng dài jǐ diǎn
枝先折。烟横水际，映带几点
guī hóng dōng fēng xiāo jìn lóng shā xuě hái jì
归鸿，东风销尽龙沙[2]雪。还记
chū guān lái qià rú jīn shí jié
出关来，恰如今时节。

jiāng fā huà lóu fāng jiǔ hóng lèi qīng
将发。画楼芳酒，红泪清
gē dùn chéng qīng bié huí shǒu jīng nián yǎo
歌，顿成轻别。回首经年[3]，杳

yǎo yīn chén dōu jué yù zhī fāng cùn gòng yǒu
杳音尘都绝。欲知方寸[4]，共有

jǐ xǔ xīn chóu bā jiāo bù zhǎn dīng xiāng jié
几许新愁？芭蕉不展丁香结[5]。

wǎng wàng duàn tiān yá liǎng yàn yàn fēng yuè
枉[6]望断天涯，两厌厌风月。

注释

① 薄雨：小雨。

② 龙沙：指塞外。

③ 经年：经历很多年。形容时间漫长。

④ 方寸：指心间。

⑤ 丁香结：丁香的花蕾。比喻人的愁思不解。

⑥ 枉：徒然，白白地。

素描

春日的一场轻雨，使早春的寒气稍稍淡了一些，你我沐浴在夕阳斜斜的余辉里，又是在离别的长亭。

移目远望，见早春的春色开阔，心里稍稍好过了一些。长亭边上的垂柳才刚刚吐出鹅黄，你却早早地折了一枝握在手上。我知道你对我的留恋和不舍。远远的一带山复水绕，暮色轻漫在水上，见几点归鸿错落。远山上的积雪虽已被春风化尽，还记得当时我从关外归来，远远就见你在长亭迎接的急切身影。这些好像还是昨天的事情。如今还是在这个长亭，我们又再次面临别离。眼前似乎还是我们在酒楼里饯别的场面，美酒芬芳的气息，和着你的粉泪清歌……

转眼之间，我们又要生生别离了。回首我们曾经离别的这些年月，双方都没有什么音信，这一次的离别又会使我们增加多少新愁？你我的相思愁绪就如不展的芭蕉和愁心暗结的丁香，即使望断天涯路，也于事无补。

此词上片写景，下片转入叙事，整首词熔写景、抒情、叙事于一炉，写得委婉曲折，意味深长。

起首两句写由雨而晴。接着，就由近而远地渲染，收束前文写景之句，景语化为情语，使情景相联，实为全词意脉的枢纽。下片沿着“还记”追思当年的分别。结句“枉望断天涯，两厌厌风月”，写得空灵蕴藉，既总括了过去：天各一方，两心相念，音信杳然，只有“玉楼明月长相忆”；也展现了未来：关山重重，天涯之思，对景难排。

水龙吟

次韵林圣予惜春

晁补之

wèn chūn hé kǔ cōng cōng dài fēng bàn yǔ rú
问春何苦匆匆，带风伴雨如

chí zhòu yōu pā xì è xiǎo yuán dī kǎn yōng
驰骤。幽葩细萼，小园低槛，壅

péi wèi jiù chuī jìn fán hóng zhàn chūn cháng
培[1]未就。吹尽繁红，占春长

jiǔ bù rú chuí liǔ suàn chūn cháng bù lǎo rén
久，不如垂柳。算春常不老，人

chóu chūn huā chóu zhǐ shì rén jiān yǒu
愁春花，愁只是、人间有。

chūn hèn shí cháng bā jiǔ rěn qīng gū fāng
春恨十常八九，忍轻辜[2]、芳

láo jīng kǒu nǎ zhī zì shì táo huā jié
醪[3]经口。那知自是，桃花结

zǐ shì shàng gōng míng lǎo lái fēng wèi chūn guī
子，世上功名[4]，老来风味[5]，春归

shí hòu zòng zūn qián tòng yǐn kuáng gē sì
时候。纵樽[6]前痛饮，狂歌似

jiù qíng nán yī jiù
旧，情难依旧。

注释

① 壅培：把土或肥料培在植物根部。

② 辜：辜负。

③ 芳醪：香醇的美酒。

④ 世上功名：指为国家立功扬名。

⑤ 老来风味：指人生一世，由少而壮而老的最后阶段。

⑥ 樽：酒杯。

素描

又是暮春时节，我正在自家花园里散步，想不到昨夜的一场风雨，让繁花似锦的景象在一夜之间就无影无踪了。小园低槛，嫩花细茎都是刚刚栽上的，受了一场风雨的摧残，这样的情景总是引人伤感的。于是慨叹：春天呀，你怎么去得这么匆匆呀？还是树木的春持久一些。其实反过来想想，就算是春天自己不老，为了春愁，人自己也会很快老的，花草树木其实本身无情无愁，都是人自己想出来的，不过是借物伤感罢了。

其实，人生不如意事十有八九，我们不必要自寻烦恼了吧。不要辜负眼前尚好的春光，很想找个人一起把酒论诗，放眼畅谈人生的真滋味，看那渐渐枯萎的杏花，它们的枯萎并不是为了伤春，而是为了结实，春花秋实这是大自然的规律，没有什么可以伤感的，人生也正是这样，什么功名利禄，到头来还不都像春归去一样的自然么？只怕是，情也不能依旧。

此词以“惜春”为题，抒情与说理相结合，在惜春词中别具一格。

上片写到花的地方，都别有寓意，有情有理，反映了作者的兴趣所在。春去复来，春常不老，春花易谢，春柳不凋。人们的春愁，只是人们自己的多愁善感。过片接过上文，把花开花落的常见现象从自然和哲理上加以剖析，衬托出他还不曾明白、不能解决、正在苦恼的政治和人生方面的“春归”问题。“世上功名”三句，直入主题，包含了对人生的思考。

洞仙歌

晁补之

sì zhōu zhōng qiū zuò cǐ jué bǐ zhī cí yě
泗州中秋作，此绝笔之词也。

qīng yān mì chù bì hǎi fēi jīn jìng
青烟[1]幂[2]处，碧海飞金镜。

yǒng yè xián jiē wò guì yǐng lù liáng shí líng
永夜闲阶卧桂影。露凉时，零

luàn duō shǎo hán jiāng shén jīng yuǎn wéi yǒu lán
乱多少寒螀[3]，神京远，唯有蓝

qiáo lù jìn
桥路近。

shuǐ jīng lián bù xià yún mǔ píng kāi lěng
水晶帘不下，云母屏开，冷

jìn jiā rén dàn zhī fěn dài dōu jiāng xǔ duō
浸佳人淡脂粉。待都将许多

míng fù yǔ jīn zūn tóu xiǎo gòng liú xiá qīng
明，付与金尊，投晓共、流霞[4]倾

jìn gèng xié qǔ hú chuáng shàng nán lóu kàn yù
尽。更携取胡床上南楼，看玉

zuò rén jiān sù qiū qiān qǐng
做人间，素秋千顷。

注释

① 青烟：指遮蔽月光的云彩。

② 幂：覆盖，遮盖。

③ 寒螀：即寒蝉，为蝉之一种，入秋始鸣。

④ 流霞：本为神话中的仙酒名，此处既指酒，也指朝霞。

素描

难得的一个中秋月圆之夜，我独自徘徊在后花园里，举头观赏明月。

夜空像茫茫碧海，无边无际；一轮明月穿过云层，像一面金镜飞上碧空，金色的光辉照亮了天上人间。已是夜深时分，周围一片静谧。秋叶在我面前片片落下，夜露浸衣，让我觉出阵阵寒意。冷月的清辉洒满大地，近处小楼的石阶也浴在如水的月华里，阶旁桂枝的疏影闲淡地铺着。秋虫的鸣叫时断时续，似乎也感觉到了秋寒。我不禁想到自己不知不觉已经年迈。回想起以前的时光，觉得京城就像眼前的月亮一样遥不可及，反而传说中的蓝桥路比较接近。我沉浸在无边的月华里，任思潮起伏，往日毕竟远矣，徒想无益。

我转回先前赏月的地方。几位佳人还没有散去，她们给我斟满美酒。冷冷的月华下，她们的表情有点异样。不管这么多了吧，且欣赏这无边的仲秋月色，我将杯中的美酒一饮而尽。

全词以月起，以月收，首尾呼应，浑然天成。篇中明写与暗写相结合，将月之色、光、形、神，以及人对月的怜爱迷恋，写得极为生动入微。

上片写中秋夜景。词人仰望皓月初升，通过永夜、闲阶、凉露、寒蝉等物象，极写月夜的静寂清冷，描绘出一幅充满凉意而悠长寂寞的中秋月夜图，烘托出词人的孤寂心境和万千感慨。下片转写室内宴饮赏月。结尾两句由室内转到室外，包举八荒，丽而且壮，使通篇为之增色。用“玉做人间”比喻月光普照大地，可谓奇想自外飞来。既写月色，也暗含希望：人间消除黑暗和污浊，像明月一般美好。

瑞龙吟

周邦彦

zhāng tái lù hái jiàn tuì fěn méi shāo
章台[1]路，还见褪粉[2]梅梢，

shì huā táo shù yīn yīn fāng mò rén jiā dìng
试花[3]桃树。愔愔坊陌人家，定

cháo yàn zǐ guī lái jiù chù
巢燕子，归来旧处。

àn níng zhù yīn niàn gè rén chī xiǎo zhà
黯凝伫[4]。因念个人痴小，乍

kuī mén hù qīn chén qiǎn yuē gōng huáng zhàng fēng
窥门户。侵晨浅约宫黄[5]，障风

yìng xiù yíng yíng xiào yǔ
映袖，盈盈笑语。

qián dù liú láng chóng dào fǎng lín xún lǐ
前度刘郎重到，访邻寻里，

tóng shí gē wǔ wéi yǒu jiù jiā qiū niáng shēng
同时歌舞，唯有旧家秋娘，声

jià rú gù yín jiān fù bǐ yóu jì yàn tái
价如故。吟笺赋笔，犹记燕台

jù zhī shéi bàn míng yuán lù yǐn dōng chéng
句。知谁伴、名园露饮[6]，东城

xián bù tàn chūn jìn shì shāng lí yì xù
闲步？探春尽是，伤离意绪。

shì yǔ gū hóng qù guān liǔ dī jīn lǚ guī
事与孤鸿去。官柳低金缕。归

jì wǎn xiān xiān chí táng fēi yǔ duàn cháng yuàn
骑晚，纤纤池塘飞雨。断肠院

luò yī lián fēng xù
落，一帘风絮。

注释

① 章台：与“坊陌”同是京城繁华的街道和舞榭楼台聚集的里巷。

② 褪粉：指梅花凋零。

③ 试花：指刚刚开花。

④ 黯凝伫：黯然凝神伫立。

⑤ 浅约宫黄：指施妆并不浓艳。

⑥ 露饮：指宴饮时脱帽露顶，不拘形迹。

素描

章台路上，我又看见了数枝残梅，映衬着花蕊初绽的桃树。大街上车马稀少，巷子里冷落静寂。只有去年的燕子，双双飞回旧巢。我不禁回想当年那天真痴憨的少女。她站立在清晨的风里，清秀的面庞略施粉黛，歌扇挡风，红袖遮面，轻盈地吐出清润如珠的笑语。

如今我故地重游，热切地寻访昔日邻里及当时的歌舞佳人。哦，只有秋娘依然是旧时的歌喉舞姿。还记得曾经与她一起在粉红小笺上写字，字字墨渍淋漓，那都是深情吟唱的诗句。今后有谁伴我名园畅饮脱帽露顶不拘形迹，又有谁与我闲步东郊同享绿野清新的雅趣？啊，往日的赏心乐事随着天边孤鸿远去，独自探寻春色，竟是伤离远别的愁绪。大道旁的杨柳垂拂着，就像金线的丝缕。天色渐已黄昏，我骑着马迟迟不忍归去。池塘上正纷飞着清冷的细雨，然而，最凄楚断肠的，还是这庭院里一帘随风扑飞的蒙蒙柳絮。

鉴赏

篇首的写景不同凡响。梅花谢了，桃花开了，本是平常习见的事物，而词里却说"褪粉""试花"，造语相当别致，并用燕子的"归来旧处"兼喻作者的重游故地。

接着，写词人寻访邻里，方知自己怀念中的人物已如仙女一般踪迹渺然。"事与孤鸿去"一笔收束往事，回到当前清醒的现实，而又不露痕迹。"探春尽是，伤离意绪"，是全篇主旨。

此词由"凝伫"而"访""寻"，由回忆而清醒，最后写归途之凄清，抒发抚今追昔、物是人非的慨叹，与唐朝诗人崔护“去年今日此门中，人面桃花相映红。人面不知何处去，桃花依旧笑春风”的诗句有异曲同工之妙。

苏幕遮

周邦彦

liáo chén xiāng xiāo rù shǔ niǎo què hū
燎[1]沉香[2]，消溽暑[3]。鸟雀呼

qíng qīn xiǎo kuī yán yǔ yè shàng chū yáng gān
晴，侵晓[4]窥檐语。叶上初阳干

sù yǔ shuǐ miàn qīng yuán yī yī fēng hé jǔ
宿雨[5]，水面清圆，一一风荷举。

gù xiāng yáo hé rì qù jiā zhù wú mén
故乡遥，何日去？家住吴门，

jiǔ zuò cháng ān lǚ wǔ yuè yú láng xiāng yì
久作长安旅。五月渔郎相忆

fǒu xiǎo jí qīng zhōu mèng rù fú róng pǔ
否？小楫轻舟，梦入芙蓉浦[6]。

注释

① 燎：小火烧炙。

② 沉香：一种名贵的香料。

③ 溽暑：闷热潮湿的夏天暑气。

④ 侵晓：天刚亮时。

⑤ 宿雨：昨夜的雨。

⑥ 芙蓉浦：即荷花塘。此处指杭州西湖。

素描

一早醒来，闷热无比。我燃起一缕沉香，看着袅袅的青烟徐徐上升，用这样的方法消散湿热的酷暑。我缓步踱到窗前，听青翠的竹林里鸟雀叽叽喳喳地欢呼着天终于放晴。刚才它们是飞到屋檐下来叫醒我吗？初升的太阳，一点点蒸发了阔叶上的夜雨。池塘水面上，绿荷清润扁圆，神清骨秀，摇曳多姿。一阵清风掠过，它们不胜娇羞般颤颤巍巍地向上挺着，仿佛初着新装的少女情不自禁地随着音乐俯仰摆动。此情此景，让我回忆起了故乡。

我那水远路遥的故乡啊，什么时候，我才能再回到你的怀抱？明明我的家是吴地的钱塘，我却长久地居住在长安。现在正是初夏五月，老朋友，你记得往昔我们一起于碧溪浓荫处垂钓的情景吗？我一刻也忘不了那些欢愉时光。多么希望此刻我能驾一叶小舟，轻轻地摇一柄短桨，在这悠长的午梦里，重新与你一起荡入那荷塘深处，静静地度过一个快乐的午后。

本词抒发久居京城的思乡之情，词中实写京城初夏小景，虚写江南水乡，两地以花为媒，过渡自然。上片描写盛夏晨景，下片抒思乡之情，以写雨后风荷为中心，由此而引入故乡归梦。作者面对着象征江南的荷花，自然勾起乡思，词的结尾用“小楫轻舟，梦入芙蓉浦”（古人也称荷花为芙蓉）绾合，上下片联成一气，融景入情，不着痕迹。

这首词的极妙之处，在“叶上初阳干宿雨，水面清圆，一一风荷举”三句所写荷花的神态。

风流子

周邦彦

xīn lǜ xiǎo chí táng fēng lián dòng suì yǐng
新绿[①]小池塘，风帘动，碎影

wǔ xié yáng xiàn jīn wū qù lái jiù shí cháo
舞斜阳。羡金屋[②]去来，旧时巢

yàn tǔ huā liáo rào qián dù méi qiáng xiù
燕；土花[③]缭绕，前度莓墙[④]。绣

gé lǐ fèng wéi shēn jǐ xǔ céng tīng dé lǐ
阁里，凤帏[⑤]深几许，曾听得理

sī huáng yù shuō yòu xiū lǜ guāi fāng xìn
丝簧[⑥]。欲说又休，虑乖[⑦]芳信；

wèi gē xiān yè chóu jìn qīng shāng
未歌先噎，愁近清觞[⑧]。

yáo zhī xīn zhuāng liǎo kāi zhū hù yīng zì
遥知新妆了，开朱户，应自

dài yuè xī xiāng zuì kǔ mèng hún jīn xiāo bù
待月西厢。最苦梦魂，今宵不

dào yī xíng wèn shèn shí shuō yǔ jiā yīn mì
到伊行。问甚时说与，佳音密

hào jì jiāng qín jìng tōu huàn hán xiāng tiān
耗[9]，寄将秦镜，偷换韩香？天

biàn jiào rén shà shí sī jiàn hé fáng
便教人，霎时厮见何妨！

注释

① 新绿：指开春时新涨的水色。

② 金屋：美女住的地方。

③ 土花：苔藓。

④ 莓墙：长满青苔的墙。

⑤ 帏：帐子。

⑥ 丝簧：管弦乐器。

⑦ 乖：违误，错过。

⑧ 清觞：洁净的酒杯。

⑨ 密耗：秘密的消息。

素描

新绿的春水，涨满了小小的池塘。温暖的风轻柔地吹着，揉碎了一池倒映的帘影，烁金的夕阳趁机翩翩起舞。我是多么羡慕飞来飞去的燕子，它们正绕着旧时的华美屋梁筑巢。苍苔的青痕，又爬上了前番蔓生的院墙。我伫立在远处，默默凝望着那么幽深的闺阁。那里垂掩着几层凤凰罗帐？依稀传来断断续续的琴声。那里似乎暗藏着一点芳心，却又欲言又止，好像怀着许多忧伤想对酒放歌。可是愁思太浓怯近情殇。还没有开启芳唇，先已经哽噎了，慢慢吟唱一曲高山流水。

她刚把秀眉描得又细又长，悄悄推开窗棂，等待明月爬上西厢。最令我苦恼的是，近似咫尺却远如天涯。今天夜里，我的魂魄看来也很难到达她身旁。真想问一声，到底什么时候我们才能欢聚，让我能轻吐思念的衷肠？那一行一行的相思啊！我还要寄一面明镜，换取她一片芳心。但愿天公作美，哪怕让我们相见片刻也无妨！

全词由景及情，抒情由隐而显，人的心理描绘极为细致周到。词中怀人，层层深入，有时用对照手法，从双方写来，层次极为清楚。

上片写景，词中的抒情主人公徘徊于池边，离意中人居处不远，却无法接近。接着，从由己思人转为写人思己。换头三句，悬想伊人晚妆停当，待月西厢，正在思念、盼望自己。紧接便是长长一句："问甚时说与，佳音密耗，寄将秦镜，偷换韩香？"它是在封建礼教禁锢下的情侣发自心灵的呼声，将词情又推进一层。末句更喊出内心呼声，引出至情至性之思。

花犯

小石梅花

周邦彦

fěn qiáng dī, méi huā zhào yǎn, yī rán jiù
粉墙低，梅花照眼，依然旧

fēng wèi. lù hén qīng zhuì. yí jìng xǐ qiān
风味。露痕轻缀。疑净洗铅

huá, wú xiàn jiā lì. qù nián shèng shǎng céng gū
华[1]，无限佳丽。去年胜赏曾孤

yǐ. bīng pán tóng yàn xǐ, gèng kě xī、xuě
倚。冰盘[2]同燕[3]喜，更可惜、雪

zhōng gāo shù, xiāng gōu xūn sù bèi.
中高树，香篝[4]熏素被。

jīn nián duì huā zuì cōng cōng, xiāng féng sì yǒu
今年对花最匆匆，相逢似有

hèn, yī yī chóu cuì. yín wàng jiǔ, qīng tái
恨，依依愁悴[5]。吟望久，青苔

shàng xuán kàn fēi zhuì xiāng jiāng jiàn cuì
上、旋看飞坠。相将[6]见、翠

wán jiàn jiǔ rén zhèng zài kōng jiāng yān làng lǐ
丸[7]荐酒，人正在、空江烟浪里。

dàn mèng xiǎng yī zhī xiāo sǎ huáng hūn xié
但梦想，一枝潇洒[8]，黄昏斜

zhào shuǐ
照水。

注释

① 铅华：搽脸的妆粉。

② 冰盘：果盘。

③ 燕：同“宴”。

④ 篝：笼。古代篝火指用笼子罩着的火。

⑤ 悴：忧。

⑥ 相将：行将。

⑦ 翠丸：青色的梅子。

⑧ 潇洒：凄清之意。

素描

看，醉人的梅花娇艳地盛开着，与粉墙交相辉映，初瞥之下，光彩夺目，亮得晃眼，仿佛仍然有去年的韵味。不是吗，它有高于凡花俗艳的格调，它的耀眼并不是姹紫嫣红，引人注目，而是丽质天成，自然光艳，别有风味。回想起去年我孤倚寒梅，与花共醉的情景，梅花周身为雪所覆盖，皓白一片，形色难辨，可是仍有阵阵暗香从雪中传出来，有如香篝之熏素被。

可是今年梅花却是凋落得如此匆匆，仿佛怀着无限的恨意。我久久地看着在空中飘舞的梅花，那轻盈的身姿，在空中打着转儿，旋即恋恋不舍地落在青苔上面。是呀，落花匆匆，芳景难驻。可是遥想青绿翠圆的梅子长成之时，我也许早已远离此地，正躺在一叶扁舟中，在漂荡的江中梦见一枝梅花横斜在清水之上，在黄昏中散发着淡淡而迷人的芳香。

此词以饱含感情的笔触移情入景，借景抒情，借咏梅抒发了作者在宦迹无常、漂泊不定中所产生的落寞情怀。

上、下片的前半都是写眼前所见的梅花。上片写梅花的形态与风韵，下片则是写梅花的情态和愁恨；前者写梅花之盛开，后者写到梅花之凋落。既叹自身去留匆匆，即将远行，又叹梅花开落匆匆。

此词以多变的结构和纡徐反复的笔调，把自我的身世之感融入对梅花各个时期和方面的描绘。在今日、昔日、来日间往复盘旋地展开情思。跳跃变换、空灵流转,词笔词思浑化无迹。

惜分飞

富阳[1]僧舍作别语赠妓琼芳

毛　滂

lèi shī lán gān huā zhuó lù　chóu dào méi
泪湿阑干花着露[2]，愁到眉

fēng bì jù　cǐ hèn píng fēn qǔ　gèng wú yán
峰碧聚[3]。此恨平分取，更无言

yǔ kōng xiāng qù
语空相觑[4]。

duàn yǔ cán yún wú yì xù　jì mò zhāo zhāo
断雨残云无意绪，寂寞朝朝

mù mù　jīn yè shān shēn chù　duàn hún fēn fù
暮暮[5]。今夜山深处，断魂分付

cháo huí qù
潮回去。

注释

① 寓阳：宋代县名。今浙江富阳县。

② 花着露：带露珠的花。

③ 碧聚：形容双眉紧锁。

④ 觑：看、瞧。

⑤ 朝朝暮暮：朝夕。

素描

在这离别的时刻，你我相对枯坐。想起古人所说的："黯然消魂者，唯别而已矣。"我低着头，明白你此时的心情，泪如泉涌。抬起头来，望着对面的你，别离的黯然已经分明写在了你脸上，这使得你更让人不舍：挂满泪珠的脸颊犹如雨后带露的花朵，深锁的黛眉就像起伏的远山。你也看着我，脸上现出绝望的神色。生人作死别，恨恨哪可论！我的遗憾和悔恨与你一样深切。

我拉着你的手，凝望着你无助又无望的眸子，心像是浸在沸油中一样，我觉得自己正在慢慢枯萎，芳香和阳光也正离我而去。我们就这样无言地执手相看，一点办法也没有。人生的事情真的很无常啊！念着以前的美好时光，想着我和你离别之后的了无生趣，觉得自己终日会像天上断雨残云一样没有生趣，陪伴我的恐怕是只有朝夕不变的寂寞。人生不如意的事实在太多，让我们的断魂都付于那起伏不平的潮水吧。

上片写分别，起首一句，写别离的黯然销魂，离愁对于双方是同样的沉重。他们共同承受着离恨的折磨，不由得柔肠寸断。上片最后一句，纯乎写情，语浅情深，感人肺腑，表现了两人木然相对的绝望之情。

下片写别后相思，情景交融，情意绵绵，极悱恻缠绵之能事。结尾两句，设想别后的思念，付断魂于潮水，构思如异峰突起，使人在惊愕之后有无尽的回味。后人评价此词“语尽而意不尽，意尽而情不尽”。

蝶恋花

zhì
赵令畤

yù jiǎn luó yī hán wèi qù bù juǎn zhū
欲减罗衣①寒未去，不卷珠
lián rén zài shēn shēn chù hóng xìng zhī tóu huā
帘，人在深深处。红杏枝头花
jǐ xǔ tí hén zhǐ hèn qīng míng yǔ
几许②？啼痕③止恨清明雨。

jìn rì chén yān xiāng yī lǚ sù jiǔ xǐng
尽日④沉烟香一缕，宿⑤酒醒
chí nǎo pò chūn qíng xù fēi yàn yòu jiāng guī
迟，恼破春情绪。飞燕又将归
xìn wù xiǎo píng fēng shàng xī jiāng lù
信误，小屏风上西江路。

注释

① 罗衣：丝制的衣服。

② 几许：多少。

③ 啼痕：泪痕。此处指杏花上沾有雨滴。

④ 尽日：终日，整天。

⑤ 宿：昨夜。

素描

转眼已是清明时节，乍暖还寒。今晨睡意蒙眬，迟迟起身，本想脱掉冬日的罗衣，却又担心寒意侵人；也懒得将帘子卷起，人躲在帘子深处，还能心安些。我在房里踱来踱去，一时之间心绪纷纷，不知如何是好。蓦地想起昨夜的一场风雨，那将开未开的杏花在枝头残存得还多么？昨夜的雨真像那一年清明时节的风雨啊。我和他正沉浸在无边的浓情蜜意里，沙沙的一场冷雨，竟让我们生生别离。人生不如意的事十有八九，多想也是无益。不过有时候总是情难自禁。

自那以后，我终日无所事事，经常局促于一室之内，香烟缭绕，酒气醺醺，每日情丝睡意昏昏，不知今夕何夕。昨夜又大醉一场，醉意蒙眬中仍感到对他浓烈的思念，他现在人在何方？来来往往的飞燕为何总是不带给我他的消息？看着轻烟流水的画屏，恨不得和他在那里相见。恍惚中，不知身在何处……

这首抒写闺中怀人之情的词，语不多，情无限，写得清超绝俗，淡雅疏秀，别具一格。

上片首句写冬春之交闺阁佳人“欲减罗衣”，暗示了女主人公因气候变化无常而最难将息的心情，使人隐隐感受到她心中的愁闷。以下两句点明女主人公愁闷的表层原因——清明时节的连绵春雨。接着，转写闺中人内心极度的凄寂和苦闷。结尾两句点出女主人公愁思重重的深层原因——佳人怀人心事，写出了闺中佳人对心上人的一往情深，读之令人感到意犹未尽，一咏三叹。

点绛唇

李清照

cù bà qiū qiān, qǐ lái yōng zhěng xiān
蹴[1]罢秋千，起来慵[2]整纤

xiān shǒu. lù nóng huā shòu, báo hàn qīng
纤[3]手。露浓花瘦，薄汗轻

yī tòu.
衣透。

jiàn kè rù lái, wà chǎn jīn chāi liū.
见客入来，袜刬[4]金钗溜[5]。

hé xiū zǒu. yǐ mén huí shǒu, què bǎ qīng
和羞[6]走[7]。倚门回首，却把青

méi xiù.
梅嗅。

注释

① 蹴：踏。此处指荡秋千。

② 慵：困倦。

③ 纤纤：形容双手的细嫩柔美。

④ 袜刬：指来不及穿鞋子，仅仅穿着袜子走路。

⑤ 溜：滑下来。

⑥ 和羞：含羞。

⑦ 走：小跑。

素描

春天的早晨，一位娇美的少女在花园里荡秋千，罗衣轻飘，像燕子一样在空中飞来飞去，轻盈曼妙。两旁的花枝似乎也随着她荡来荡去。荡了许久之后，她已是娇喘吁吁，胸脯起伏不已，略显疲劳，额上渗出晶莹的细汗。她的纤纤玉手似乎也有些麻木，但她懒得活动一下，汗水浸湿了她的衣服，就像旁边带着露珠的娇瘦的花枝。

突然，一位举止不凡、风度潇洒的翩翩美少年前来拜访，这位少年正是她怕见又想见、想见又不敢正大光明地看的人。少女十分惊诧，来不及收拾自己，只穿着袜子就急忙回避，头发松散着，没想到越慌越乱，一跑，头上的金钗也滑落下来。正在不好意思当中，她急中生智，趁势倚靠在门前，顺手摘了一颗青梅，笑着回过头来，向那少年投去了深情的一瞥。

上片写少女荡完秋千的精神状态。词人不写荡秋千时的欢乐，而是剪取了“蹴罢秋千”后一刹那间的镜头。整个上片以静写动，以花喻人，生动地勾勒出一少女荡秋千后的神态。

下片写少女乍见来客的情态，以动作写心理。几个动作，把一个少女惊诧、惶遽、含羞、好奇以及爱恋的心理活动，栩栩如生地刻画出来。全词风格明快，节奏轻松，共用 41 字，就刻画了一个天真纯洁、感情丰富却又矜持的少女形象，可谓妙笔生花。

渔家傲

李清照

tiān jiē yún tāo lián xiǎo wù, xīng hé yù
天接云涛连晓雾，星河[1]欲
zhuǎn qiān fān wǔ. fǎng fú mèng hún guī dì suǒ.
转千帆舞。仿佛梦魂归帝所[2]。
wén tiān yǔ, yīn qín wèn wǒ guī hé chù?
闻天语，殷勤[3]问我归何处？

wǒ bào lù cháng jiē rì mù, xué shī màn
我报路长嗟[4]日暮，学诗谩
yǒu jīng rén jù. jiǔ wàn lǐ fēng péng zhèng jǔ.
有[5]惊人句。九万里风鹏正举。
fēng xiū zhù, péng zhōu chuī qǔ sān shān qù!
风休住，蓬舟[6]吹取三山去！

注释

① 星河：银河。

② 帝所：天帝的处所，天宫。

③ 殷勤：关心地。

④ 嗟：慨叹。

⑤ 谩有：空有。

⑥ 蓬舟：蓬草似的轻舟。

素描

在梦里，我去了天庭。远不可及的天空，朵朵白云像海涛一样重叠汹涌，变幻出万千奇妙的景象。浓浓的晓雾流动不定，天边云雾相接，意境缥缈，让人不禁浮想连翩。若隐若现的银河在斜斜地流淌，星星点点闪烁，仿佛是千万个小帆在自在地荡漾。恍惚之间，我的魂魄已飘入了天庭的琼楼玉宇。正当我陶醉于这美不胜收的仙境美景时，远远地听到一些缥缈的话语，仿佛是天帝在关心地问我："你想要回到哪里去呢？"

我长叹一声，坚定地回答说："人生的路十分漫长，而我已经到了人生的黄昏，情绪低迷。虽然一直以来，我不停地沉醉于苦心学诗，可惜壮志难酬，我竭尽心力想到的那些惊骇世人的诗句，对我几乎没有任何的帮助。从今以后，我只希望能如大鹏般乘万里雄风振翅高飞，远远地离开这庸碌的人世。"长风，千万不要匆匆停住，请一气鼓荡，把我和我的一叶轻舟，吹到蓬莱仙山去！

鉴赏

这是一首富有浪漫主义情调的词。词记梦境，上来两句写景，接下去写与天帝的对话，仿佛《离骚》笔意。李清照并不满足于写作上的卓绝才能，而封建社会的妇女又不可能有更多的作为。她要求乘风远行，追求并不存在的理想境界。全词想象奇特，气势豪迈，具有豪放派词的风格特点。

如梦令

李清照

zuó yè yǔ shū fēng zhòu nóng shuì bù xiāo

昨夜雨疏风骤。浓睡[①]不消

cán jiǔ shì wèn juǎn lián rén què dào hǎi táng

残酒[②]。试问卷帘人[③]，却道海棠

yī jiù zhī fǒu zhī fǒu yīng shì lǜ féi

依旧。知否，知否？应是绿肥

hóng shòu

红瘦[④]！

注释

① 浓睡：酣睡。

② 残酒：残余的醉意。

③ 卷帘人：指正在卷帘的侍女。

④ 绿肥红瘦：指枝叶繁茂、花朵凋零。

素描

急骤的雨下了一整夜，风也刮得很紧。风吹在糊着白纸的窗户上，呼呼作响。我在房间里辗转反侧，夜不成眠。不知道窗外的那些娇艳的花朵如今怎么样了？天将要亮的时候，雨小了一些，想着我的青春年华逐渐消逝，是啊，人的一生经得起几次春雨的洗刷！在无奈与惆怅中，我昏昏地陷入沉睡。

第二天上午，我从沉睡中醒来，迷迷糊糊地，似乎还残留着昨夜的酒意。这时，我忽然想起心爱的海棠花，不知道经过一夜风吹雨打，它们现在还好吗？于是就迫不及待地问正在卷帘的侍女，那个侍女一边卷帘子，一边漫不经心地回答我还是像原来一样都开着啊！唉，你哪里知道，那海棠花经过了一夜的风吹雨打，现在应该是满枝绿叶丰润、红花消瘦了。

词的首句交待背景，是风雨送春归去的时节。作者以“浓睡”“残酒”搭桥，写出了白夜至晨的时间变化和心理演变。然后一个“卷帘”，点破日曙天明，巧妙得当。词人为花而喜，为花而悲，为花而醉，为花而嗔，实则是伤春惜春，以花自喻，慨叹自己的青春易逝。

这首小令，有人物，有场景，还有对白，充分显示了宋词的语言表现力和词人的才华。

如梦令

李清照

cháng jì xī tíng rì mù chén zuì bù
常记①溪亭②日暮③，沉醉不

zhī guī lù xìng jìn wǎn huí zhōu wù rù ǒu
知归路。兴尽晚回舟，误入藕

huā shēn chù zhēng dù zhēng dù jīng qǐ yī
花④深处。争渡⑤，争渡，惊起一

tān ōu lù
滩鸥鹭。

注释

① 常记：曾记得。

② 溪亭：临水的亭台。

③ 日暮：傍晚时分。

④ 藕花：荷花。

⑤ 争渡：奋力划船。

素描

还记得年轻的时候我们一起去郊外游玩吗？我一直忘不了溪亭那美丽的风景。四周芳草萋萋，佳木繁荫。湖水缥缈，云气蒸腾，荷花亭亭玉立。我们一边喝着小酒，一边唱歌。情之所至，不禁跳上一叶扁舟，荡入湖中，随风飘摇。摇摇晃晃中，有人飘飘欲仙，嘴角露出甜蜜的微笑。尽兴之至啊，不知不觉，夜色来了，我们才慢慢地划船回去。

是因为酒喝得太多吗，还是因为夜色中风景更让我们留恋，以至我们居然找不到回家的路了。也许你是想让时间停留，我们可以再多待片刻。我只记得你摇啊摇，一下子摇进了藕花深处。真有情趣！一想到此，眼前就浮现出你故意微笑的眼睛，我轻轻拿手打了你一下，你不好意思地笑了。我们嬉戏着，打闹着，互相开着玩笑。一时间，夜幕已经完全降临，于是我们抢着划船，桨橹拍水的声音在夜空中听来格外响亮，把群栖于溪边的白鹭和沙鸥惊得振翅而起。

鉴赏

这首《如梦令》以李清照特有的方式表达了她早期生活的情趣和心境，境界优美怡人，篇幅虽短，但给人以足够的美的享受。

这首小令用词简练，只选取了几个片断，把移动着的风景和作者怡然的心情融合在一起，写出了作者青春年少时的好心情，让人不由想随她一道荷丛荡舟，沉醉不归。正所谓“少年情怀自是得”，不事雕琢，富有一种自然之美。

醉花阴

李清照

bó wù nóng yún chóu yǒng zhòu ruì nǎo xiāo
薄雾浓云愁永昼①，瑞脑②消

jīn shòu jiā jié yòu chóng yáng yù zhěn shā
金兽③。佳节又重阳，玉枕纱

chú bàn yè liáng chū tòu
厨④，半夜凉初透。

dōng lí bǎ jiǔ huáng hūn hòu yǒu àn xiāng
东篱⑤把酒黄昏后，有暗香

yíng xiù mò dào bù xiāo hún lián juǎn xī
盈袖⑥。莫道不消魂，帘卷西

fēng rén bǐ huáng huā shòu
风⑦，人比黄花⑧瘦。

注释

① 永昼：漫长的白天。

② 瑞脑：即龙脑，一种香料。

③ 金兽：兽形的铜香炉。

④ 纱厨：防蚊蝇的纱帐。

⑤ 东篱：菊圃的代称。

⑥ 盈袖：满袖。

⑦ 西风：秋风。

⑧ 黄花：指菊花。

素描

深秋的天空，从早到晚，不是布满着薄薄的雾，就是飘浮着浓浓的云。这种阴沉沉的天气让人觉得愁闷难挨，哪里也不想去。

我总是待在屋子里，无聊地看着香炉里的青烟袅袅升起，不知不觉中一天又过去了，真是百无聊赖啊！重阳佳节又快到了，天气骤然变冷，一个人睡到半夜，凉意透入纱帐枕上，孤寒清苦：想着我们夫妻团聚时寝房的温馨，真是别有一番凄凉滋味涌上心头！本来今天我应该把酒赏菊的，但直到傍晚，才强打着精神来到东边的篱笆下，菊花开得极美极盛。我一边饮酒一边赏菊，染着满身菊花香，甚至袖子里也有丝丝幽香。

天黑了，回到闺房，瑟瑟西风掀起了帘子，我不禁感到阵阵寒意，联想到刚才把酒相对的菊花，菊瓣纤长，菊枝瘦细，仍能斗风傲霜。我却与你长久分别不能团聚，真让人清愁满怀，比菊花还瘦。

鉴赏

这是一首重阳词。由于丈夫不在身边，词人不免“每逢佳节倍思亲”。

上片写白昼的愁闷和夜半的孤寂。寥寥数句，把一个闺中少妇心事重重的愁态描摹出来。下片单写黄昏时对菊独酌，不胜清冷。结尾用夸张和比喻，塑造了一个多愁善感的女性形象。“莫道不消魂，帘卷西风，人比黄花瘦”这三句，使人想象出一幅画面：重阳佳节佳人独对西风中的瘦菊。

声声慢

李清照

xún xún mì mì lěng lěng qīng qīng qī qī
寻寻觅觅①，冷冷清清，凄凄

cǎn cǎn qī qī zhà nuǎn hái hán shí hòu zuì
惨惨戚戚。乍暖还寒时候，最

nán jiāng xī sān bēi liǎng zhǎn dàn jiǔ zěn
难将息②。三杯两盏淡酒，怎

dí tā wǎn lái fēng jí yàn guò yě zhèng shāng
敌③他晚来风急？雁过也，正伤

xīn què shì jiù shí xiāng shí
心，却是旧时相识。

mǎn dì huáng huā duī jī qiáo cuì sǔn rú
满地黄花堆积，憔悴损④，如

jīn yǒu shéi kān zhāi shǒu zhe chuāng ér dú zì
今有谁堪摘⑤？守着窗儿，独自

zěn shēng dé hēi wú tóng gèng jiān xì yǔ dào
怎生得黑[6]！梧桐更兼细雨，到

huáng hūn diǎn diǎn dī dī zhè cì dì zěn
黄昏、点点滴滴。这次第[7]，怎

yī gè chóu zì liǎo dé
一个愁字了得！

注释

① 寻寻觅觅：指若有所失想把它找回来似的，表示内心的空虚。

② 将息：休息，调养。

③ 敌：对付，抵挡。

④ 损：表示程度高。

⑤ 有谁堪摘：指有谁可与共摘。

⑥ 怎生得黑：怎样才能熬到天黑，指度日如年。

⑦ 次第：光景，情形。

素描

深秋九月，草枯叶黄。自从你离开我到远方后，我一直恍然无措，心底空荡荡的，失落得很。唉，苦苦地寻寻觅觅，只寻到几重院落，里面冷冷清清一片孤寂。还以为这样可以减少对你的思念，谁知道这悄怆入髓的冷清直逼我的内心，使我感到思念你的痛楚，顿时更添悲戚。

天气忽暖忽凉，这时候身体最难调养，极易生病，尤其是想念你添的心病。为了解闷，我喝了几杯薄酒，这三杯两盏，怎么能抵御傍晚突然刮起的急风？风来心冷啊！正在伤心，天边飞来大雁，偏是以往为我们传书的旧时相识。庭院里堆积着满地的黄花，枯萎零落。你不在我的身边，我也没有闲情装扮自己，更显得不堪看。一整天我都是一个人守在窗边，孤独无言，独自怎么能熬到天黑去？孤独的时刻偏偏又下起了秋雨。庭院里寂寞梧桐上的秋雨潇潇，一直点点滴滴响到黄昏。啊！这种情形怎么能用一个“愁”字来了结？

鉴赏

此词用字奇横。开篇作者就于百感迸发中吐出十四叠字“寻寻觅觅，冷冷清清，凄凄惨惨戚戚”，由外境及内心，层层转进，写若有所失、若有所寻而又无所寻得的清冷、凄惨和忧戚。先以清冷凄惨而悲戚的氛围笼罩全篇，再如春蚕抽丝，铺写愁苦之事，结尾以“怎一个愁字了得”戛然收住。

这首词尽得六朝抒情小赋之神髓，语言朴素清新，是一首个性独具的抒情名作。

一剪梅

李清照

hóng ǒu xiāng cán yù diàn qiū qīng jiě
红藕[①]香残玉簟[②]秋。轻解

luó cháng dú shàng lán zhōu yún zhōng shéi jì jǐn
罗裳，独上兰舟。云中谁寄锦

shū lái yàn zì huí shí yuè mǎn xī lóu
书[③]来？雁字回时，月满西楼。

huā zì piāo líng shuǐ zì liú yī zhǒng xiāng
花自飘零水自流。一种相

sī liǎng chù xián chóu cǐ qíng wú jì kě xiāo
思，两处闲愁[④]。此情无计[⑤]可消

chú cái xià méi tóu què shàng xīn tóu
除，才下眉头，却上心头。

注释

① 红藕：红色的荷花。

② 玉簟：竹席的美称。

③ 锦书：书信。

④ 闲愁：无端无谓的忧愁。

⑤ 无计：没有办法。

素描

粉红的荷花开败了，还残留着淡淡的清香。凉滑如玉的竹席透出深深秋意。我换上了薄薄的纱衣罗裙，独自登上一叶兰舟。波水荡漾中，仰头凝望着远处水天相接处的云卷云舒。谁会从那里给我寄来一封锦书吗？怅然若失间，一群大雁排成人字，正一行行地往南飞去，我孤独地倚在西边亭楼的栏杆上，忍不住思念你何时才能归来。时光飞逝，我也一天天青春不再，红颜渐渐消退，我哪里经得起长久的分离，思念催人老啊！

荷花自由自在地开着，飘落到水面上；河水兀自悠悠流淌着。它们仿佛一点也没有看到对方对自己的情意，互不相干地淡然相对。是它们彼此毫无情意吗？看到这种情景，一种离别的相思，牵动着万水千山之外你与我的闲愁。唉，这无法排除的相思离愁，刚刚从我微蹙的眉头消失，又迅速地缠绕在我的心头。这些你都知道吗？我正是为你而日思夜想。

这首词写相思之情，既表示季节，也暗示女主人公的孤独凄清。触景生情，由盼望书信表明对离人的怀念，题意自明。下片用内心独白的方式展开，直接抒情。结尾三句以表情的细微变化表现人物内心的思念之情，是历来为人称道的名句。

全词围绕一“情”字，由远而近，由浅而深，将别后的相思刻画得深挚感人。此词多处用醒人眼目的词句振起，可谓语妙、句秀、篇佳。

贺新郎

寄李伯纪丞相

张元干

yè zhàng wēi lóu qù dǒu chuí tiān cāng

曳杖危楼去。斗垂天①、沧

bō wàn qǐng yuè liú yān zhǔ sǎo jìn fú yún

波万顷，月流烟渚。扫尽浮云

fēng bù dìng wèi fàng piān zhōu yè dù sù yàn

风不定，未放扁舟夜渡。宿雁

luò hán lú shēn chù chàng wàng guān hé kōng diào

落、寒芦深处。怅望关河空吊

yǐng zhèng rén jiān bí xī míng tuó gǔ shéi

影，正人间、鼻息鸣鼍鼓②。谁

bàn wǒ zuì zhōng wǔ

伴我，醉中舞？

shí nián yī mèng yáng zhōu lù yǐ gāo hán

十年一梦扬州路，倚高寒③、

chóu shēng gù guó, qì tūn jiāo lǔ. yào zhǎn lóu
愁生故国，气吞骄虏[4]。要斩楼

lán sān chǐ jiàn, yí hèn pí pá jiù yǔ. màn
兰三尺剑，遗恨琵琶旧语。谩

àn sè、tóng huá chén tǔ. huàn qǔ zhé xiān píng
暗涩、铜华尘土[5]。唤取谪仙平

zhāng kàn, guò tiáo xī、shàng xǔ chuí guān fǒu?
章[6]看，过苕溪[7]、尚许垂纶否？

fēng hào dàng, yù fēi jǔ.
风浩荡，欲飞举[8]。

注释

① 斗垂天：北斗星在天空里挂着。

② 鼻息鸣鼍鼓：指鼻息如雷。

③ 高寒：指月亮。

④ 骄虏：指敌人。

⑤ 铜华尘土：指宝剑废弃不用。

⑥ 平章：评论。

⑦ 苕溪：源出浙西天目山，流经吴兴入太湖。

⑧ 欲飞举：想乘风高举，表示雄心勃发之意。

素描

我携着手杖拾级而上高楼，仰望长空，只见夜空星斗下垂，不见一丝浮云。俯望江面广阔无边，波涛万顷，月光流泻在蒙着烟雾的洲渚之上。江风极大，将天上浮云吹散，江面银光跳荡，江上无人乘舟夜渡。沉思间又见一群雁儿扑啦啦落在芦苇深处，鸟儿们也要夜宿了，人们大多也已经安睡。众人皆睡而我还独自倚在高楼上，毫无睡意，心中感慨无限。

最愁的莫过于对故国的感情了，繁华的扬州如今被金人洗掠过后，只剩下一片残破的废墟，往日的喧闹繁华早已成了陈年旧事，想起国事沧桑变迁真的像是浮生一梦。我夜倚高楼，但觉寒气逼人，远眺满目疮痍的中原大地，不由愁思满腔，但又觉得豪气干云，恨不得可以像古诗里写的那样：不破楼兰终不还。壮心犹在，豪气如潮，足以吞灭敌人。

鉴赏

上片写词人登高眺望江上夜景，并引发出孤单无侣、众醉独醒的感慨。

下片运用典故以暗示手法表明对统治者屈膝议和的强烈不满，并表达了自己对李纲的敬仰之情。结尾振起，指出要凭浩荡长风，飞上九天，由此表示自己坚决不能消沉下去，而是怀着气冲云霄的壮志雄心，对坚持主战、反对议和的主张表示最大的支持。

长相思

游西湖

康与之

nán gāo fēng běi gāo fēng yī piàn hú guāng
南高峰，北高峰[①]，一片湖光

yān ǎi zhōng chūn lái chóu shā nóng
烟霭[②]中。春来愁杀侬[③]。

láng yì nóng qiè yì nóng yóu bì chē qīng
郎意浓，妾意浓。油壁车[④]轻

láng mǎ cōng xiāng féng jiǔ lǐ sōng
郎马骢，相逢九里松[⑤]。

注释

① 南高峰、北高峰：为西湖畔诸山中两座著名的高峰。

② 霭：云雾。

③ 侬：人称代词，你。

④ 油壁车：古代的一种车子，多为妇女所乘。因车壁用油涂饰，故名。

⑤ 九里松：在杭州葛岭路。唐刺史袁仁敬守杭时，植松于左右，各三行。

素描

西湖周围有那么多高山，可是引人注目的却是这南边的最高峰，还有北边的最高峰，它们相映成趣，争奇斗艳。西湖的水面，虽然不像太湖、洞庭湖那样烟波浩渺，但也水光潋滟，碧波荡漾，散发着天地的灵气。白堤和苏堤就像两条绿色裙带，孤山就像一块翡翠玉石，还有亭台楼阁、桃柳梅荷，点缀着湖光山色，四季宜人。在春天的烟霭迷蒙中，西湖景色越发显得绰约多姿。可就是这样，却更加增添了我的愁思。

想着那年，我们初次相会，你的爱意深浓，我的感情专注，两人相亲相爱，常常相约在这波光潋滟之中。还依然记得当时的情景，哥哥骑着一匹高大的白色骏马，帅气英俊。而妹妹我却躲在油壁车里，好奇地看着车外，是多么妩媚美丽呀！还记得我们相会的地点吗？那松荫夹道的九里松。这一切就像在眼前，可是现在却都成了回忆。

鉴赏

这首词，以西湖景物为背景，上片写现实，下片写回忆；通过叙述回忆中的欢乐反衬现实中的忧愁，思妇情怀，宛然如见。

上片从西湖景物写起。“南高峰，北高峰”两句写山。“一片湖光烟霭中”写湖。“春来愁杀侬”句，因景生情。点出“春”，说出“愁”。过片转入回忆，交待愁思的缘故。“郎意浓，妾意浓”者，郎情妾意都一样深厚浓郁；“油壁车轻”两句，是对前面两句的表述，写初次见面。下片词意，是女主人公回忆其与所爱的欢会。

词的风格自然朴素，毫无斧凿痕迹，似民歌的天籁，如西子的淡妆，实属佳作。

满江红

岳　飞

nù fà chōng guān píng lán chù xiāo
怒发冲冠①，凭栏处、潇

xiāo yǔ xiē tái wàng yǎn yǎng tiān cháng xiào
潇②雨歇。抬望眼，仰天长啸，

zhuàng huái jī liè sān shí gōng míng chén yǔ tǔ
壮怀③激烈。三十功名尘与土，

bā qiān lǐ lù yún hé yuè mò děng xián bái
八千里路云和月。莫等闲④、白

le shào nián tóu kōng bēi qiè
了少年头，空悲切。

jìng kāng chǐ yóu wèi xuě chén zǐ hèn
靖康耻⑤，犹未雪。臣子恨，

hé shí miè jià cháng jū tà pò hè lán shān
何时灭！驾长车、踏破贺兰山

quē　zhuàng zhì jī cān hú lǔ ròu　xiào tán kě
缺。壮志饥餐胡虏肉，笑谈渴

yǐn xiōng nú xiě　dài cóng tóu　shōu shí jiù shān
饮匈奴血。待从头、收拾旧山

hé　cháo　tiān què
河，朝[6]天阙[7]。

注释

① 怒发冲冠：气得头发竖立，以至于将帽子顶起。形容愤怒至极。

② 潇潇：形容雨势急骤。

③ 壮怀：奋发图强的志向。

④ 等闲：轻易，随便。

⑤ 靖康耻：靖康二年(1127)，金兵攻陷汴京，徽宗、钦宗二帝被掳，北宋灭亡。

⑥ 朝：朝见。

⑦ 天阙：皇帝住的地方，此处借指皇帝。

素描

皇上一定是听信了奸臣的谗言才将我召回京师，我现在是身在朝廷心系边关，朝中的空气还是和我先前走时没有什么分别，死气沉沉的。秦桧那个奸臣还是一手遮天，权倾朝野，真让人忧虑万千。我在苦闷中徘徊，想起金人的杀人掠地，无数无辜的平民死于非命，这不共戴天的深仇大恨，真不知何时能报。此仇此恨，愈思愈觉得仇恨痛切，无法忍受，真想现在就横刀跃马，奋力杀敌。

可是现在，我只能独上高楼，自倚栏杆，纵目乾坤，俯仰六合，空自热血满怀，沸腾激昂。此时一场秋雨刚刚过去，风澄烟净，景色正好，可是我根本无心欣赏这大好的秋景，谁能明白我心中的愤恨和苦闷呢？这郁闷之情无可排遣，于是仰天长啸，抒发豪情壮志。想起多年征战沙场，现在真想一举攻到金人的老巢，痛快杀敌，为我大宋冤死的子民报仇雪恨！现在最要紧的就是抓紧时间，不然说什么都晚了。

岳飞此词，激励着世世代代仁人志士的爱国心，可称为千古绝唱。

此词笔力沉雄，音调激越，辞情慷慨，一腔忠愤丹心从肺腑倾出。英烈气概、志士悲怀，足以起顽振懦。真不愧为一代靖忠，一代名将，读其词如见其人。

小重山

岳飞

zuó yè hán qióng bù zhù míng jīng huí qiān
昨夜寒蛩①不住鸣。惊回千
lǐ mèng yǐ sān gēng qǐ lái dú zì rào jiē
里梦，已三更②。起来独自绕阶
xíng rén qiāo qiāo lián wài yuè lóng míng
行。人悄悄，帘外月胧明。

bái shǒu wèi gōng míng jiù shān sōng zhú
白首③为功名。旧山④松竹
lǎo zǔ guī chéng yù jiāng xīn shì fù yáo
老，阻归程。欲将心事付瑶
qín zhī yīn shǎo xián duàn yǒu shéi tīng
琴⑤。知音少，弦断有谁听？

注释

① 寒蛩：秋天的蟋蟀。

② 三更：指半夜十一时至翌晨一时。

③ 白首：白发。

④ 旧山：家乡的山。

⑤ 瑶琴：镶玉的琴。

素描

今晨迟迟起身，秋天的阳光洒满一室，我坐在桌前，心里感到空虚和烦闷，思绪纷乱不堪，昨晚的情景还历历在目：我躺在床上辗转反侧，好容易睡着了，夜深人静秋虫不住鸣叫。半夜，我又忽然从梦中醒来，索性披衣下床。四周静悄悄的，帘外的月色朦胧一片，轻轻拉开房门，独自走到房外，望着即将沉没的残月和满天的星星，在房前的石阶前走来走去。真想将这一切的烦心事都抛开，可是大宋很多百姓生活在金人铁蹄之下，我身为大宋的臣子，怎么能置百姓的死活于不顾？

很多人以为我耗白了头发是为了功名利禄，可是谁又能明白我的心情和抱负？眼看着松竹渐渐老去，不知道边关曾经和我出生入死的将士们现在怎么样了？而我却任时光白白流逝，不能和他们一道在战场上杀敌，谁能理解我满腔的心事？真的很想把心事付诸瑶琴，可是没有知音，纵使将琴弦弹断，又有谁能明白我的心呢？

鉴赏

本词表现岳飞壮志难酬的孤愤。词人夜不能寐，独自在月下徘徊。功名未就、年华蹉跎的苦闷无人可诉。全词情调低沉，是岳飞心情的真实写照。如果说《满江红》表达了对敌人的仇恨，那么本词则是对投降势力的不满。

本词即景抒情，隐忧时事，用比兴手法曲折地道出心事。作者内心深处的苦闷和悲愤，更是跃然纸上。

忆王孙

春词

李重元

qī qī fāng cǎo yì wáng sūn liǔ wài lóu

萋萋[1]芳草忆王孙[2]。柳外楼

gāo kōng duàn hún dù yǔ shēng shēng bù rěn wén

高空断魂。杜宇[3]声声不忍闻[4]。

yù huáng hūn yǔ dǎ lí huā shēn bì mén

欲黄昏，雨打梨花深闭门。

注释

① 萋萋：形容春草茂盛的样子。

② 王孙：此处指游子、行人。

③ 杜宇：即杜鹃。

④ 闻：听。

素描

一个春意浓浓的日子，我抑止不住对你的思念之情，来到郊外的高楼上，极目远眺，看看是否能见到你的影子。可是只见远方连天的芳草，千里萋萋，极目所望，古道晴翠，而思念的人没有一点踪影，也许你更在天涯芳草之外吧？每次都是这样的结果，每次都是这样的难耐的相思之苦，可是想念的人偏偏没有任何音讯；每次都是徒劳牵挂，我真的不知道怎样排遣心中的酸楚和难过，在高楼上呆呆地伫立凝望，望断天涯路，也还是没有你的消息。极目眺望远山芳草，已经隐隐地开始模糊起来，春日的夕阳不知何时已经沉下天边去了，只有我一个人还在栏杆处孤寂徘徊，这无边的大好春色掩饰不住一身的落寞和相思难耐。

远在天边的你，能感受到我无尽的苦苦思念么？暮色慢慢袭来，杜鹃声声回荡在郊外的空际，我真的不堪承受别离的伤情。我走回住处，院子里的梨花落满一地，我将大门紧紧地关上了。

鉴赏

这首词所表达的，是一个古老的主题：春愁闺怨。

这首词主要是写景，通过写景传达出一种伤春怀人的思绪。那一份深微的情思是通过景色的转换而逐步加深加浓来显示的。在场景的转换上，词作又呈现一种由大到小，逐步收束，最终趋于封闭的心态特征。

这首词凭借看似已经在前人笔下写尽了的意象，却呈现出富有感染力的意象组合和不露痕迹而天然精巧的构思，构成了一个独立、不可替代的艺术形象。

卜算子

咏梅

陆游

yì wài duàn qiáo biān jì mò kāi wú
驿外① 断桥边，寂寞开无
zhǔ yǐ shì huáng hūn dú zì chóu gèng zhuó fēng
主②。已是黄昏独自愁，更著③风
hé yǔ
和雨。

wú yì kǔ zhēng chūn yī rèn qún fāng
无意苦争春，一任④群芳⑤
dù líng luò chéng ní niǎn zuò chén zhǐ yǒu xiāng
妒。零落成泥碾⑥作尘，只有香
rú gù
如故。

注释

① 驿外：驿，为古代官办的路边客栈。驿外指荒僻、冷清之地。

② 无主：自生自灭，无人照管。

③ 著：同“着”，遭受，承受。

④ 一任：完全听凭。

⑤ 群芳：群花。此处借指打击作者的政敌——主和派。

⑥ 碾：压碎。

素描

一个十分偶然的机会，我来到了郊外的一片梅林，这里人迹罕至，寂寥荒寒，梅花显得备受冷落，不但没有人护理，也没有人来欣赏。随着四季的交替，它默默地开了，又默默地凋落了。孑然一身，四顾茫然，始终是无人光顾。

这可真是无主的梅呵！日落黄昏，暮色朦胧，不知如何承受这万般的凄凉和寂寞。恐怕只有自己在这黄昏的风雨中默默地哀愁，时而还会有风雨袭来。可是谁又能真正明白它存在的意义呢？所谓的“凌寒独自开”，是它的开放才最早带来了春天的消息。春天百花怒放，争丽斗艳，这个时候梅花早就谢了，根本无心与众芳争艳。梅花凋落后，被践踏成泥土或者是被碾成尘灰了，它那特别的香味，却仍然长久地留在人们的心里，并没有屈服于寂寞无主、风雨交侵的威胁，只是尽自己之能，一丝一毫也不会改变。

这才是它的可贵之处。

本词通过对梅花高洁品格的描绘，抒发了作者坚贞的情操。

上片写梅花的寂寞，以此比喻自己一生坎坷，难有作为。从艺术手法说，写愁时作者没有采用一般惯用的比喻，把愁写得像这像那，而是用环境、时光和自然现象来烘托。下片写梅花的孤高，托梅寄志，写物与写人，完全交织在一起了。草木无情，花开花落，本是自然现象，其中却暗含着作者的不幸遭遇。

作者以梅花自喻，以梅花的自然代谢来形容自己，结句以扛鼎之力，将词意推上高峰，顿时显得光彩夺人。

鹊桥仙

夜闻杜鹃

陆　游

máo yán rén jìng, péng chuāng dēng àn, chūn
茅檐①人静，蓬窗灯暗，春
wǎn lián jiāng fēng yǔ. lín yīng cháo yàn zǒng wú
晚连江风雨②。林莺巢燕总无
shēng, dàn yuè yè, cháng tí dù yǔ.
声，但月夜、常啼杜宇③。

cuī chéng qīng lèi, jīng cán gū mèng, yòu jiǎn
催成清泪，惊残孤梦，又拣
shēn zhī fēi qù. gù shān yóu zì bù kān tīng,
深枝④飞去。故山⑤犹自不堪听，
kuàng bàn shì, piāo rán jī lǚ!
况半世、飘然羁旅⑥！

注释

① 茅檐：与下文蓬窗，均指简陋的寓所。

② 连江风雨：指风雨来得很远。

③ 杜宇：即杜鹃。

④ 深枝：树林深处的枝条。

⑤ 故山：故乡。

⑥ 羁旅：寄居他乡。羁：停留。

素描

茅檐低垂，夜已经深了；万籁俱静，茅屋的窗户里透漏出黯淡的灯光。

我寂寥地躺在床上，听着窗外晚春的雨水淅淅沥沥地下个不停。雨水连江，而我的愁绪也仿佛像这雨水一样浩茫无边。那早春活跃欢畅的莺燕此刻早已悄然无声了。月夜，只有杜鹃在不停地啼叫，凄楚万分。

每当我听见杜鹃的凄楚叫声，总是忍不住留下数行清泪。是呀，每当我在孤寂的梦中听到杜鹃的哀鸣，总是被惊醒，随即回忆起那熟悉的故乡和故乡的亲人。有时杜鹃的声音越飞越远，仿佛向山中飘去，又仿佛是为了在山中找到一棵栖息的树枝。

这雨夜，杜鹃的声音听起来更加悲惨，就连那冷漠的山峰也不禁为之动情，何况我这个半世在外飘零、无依无靠的游子呢？那无边的羁愁呀，随着杜鹃的啼叫，是这样让人痛彻心扉！

这首词由闻鹃感兴，由表及里、由浅入深，曲折婉转地传达了作者内心的苦闷。

闻啼，在古代诗词中习见不鲜，但词人融入深沉的身世慨叹，委婉，沉郁，而不流于浮泛，因而能在寻常题材中给人不寻常的感受。

整首词层层烘染，层层深进，由风雨春夜的杜鹃哀啼，归于半世漂泊的羁旅深愁，然后戛然而止，却又余音袅袅，犹自盘旋，读来凄然不尽。

钗头风

陆　游

hóng sū shǒu　huáng téng jiǔ　mǎn chéng chūn
红酥手①，黄縢酒②。满城春

sè gōng qiáng liǔ　dōng fēng è　huān qíng báo
色宫墙柳。东风③恶，欢情薄。

yī huái chóu xù　jǐ nián lí suǒ　cuò
一怀愁绪，几年离索④。错，

cuò　cuò
错，错。

chūn rú jiù　rén kōng shòu　lèi hén hóng yì jiāo
春如旧，人空瘦。泪痕红浥⑤鲛

xiāo tòu　táo huā luò　xián chí gé　shān méng
绡⑥透。桃花落，闲池阁。山盟

suī zài　jǐn shū nán tuō　mò　mò　mò
虽在，锦书难托。莫，莫，莫！

注释

① 红酥手：红润白嫩的手。

② 黄縢酒：即黄封酒，当时的官酒。

③ 东风：暗喻陆游的母亲。

④ 离索：离散。

⑤ 浥：湿润。

⑥ 鲛绡：指丝绸手帕。

素描

在一个春光明媚的日子里，我难以抑制对你的思念，禁不住独自跑到我们以前经常去游玩的沈园，想不到竟然在这里与你重逢，我不知道如何表达对你的情感。

想起几年前我们正是新婚燕尔，也是在这样明媚的春光里，在这个地方尽兴地游玩。我们在一起喝酒，还清晰地记得你当时为我斟酒时美丽的身影和曼妙的姿态。这些事情清晰得就像是昨天刚刚发生的一样，历历在目。谁料想，一个意想不到的缘由，竟使你我生生分离。

你离去之后，我日夜思念着你，不知道如何打发无聊的光阴，这几年的日子你不知道我是如何苦挨过来的，总是盼望哪天和你再见一面。想不到我们竟在这样的情景下重逢，一时之间我难以控制自己的感情，真的很想一下拉住你的双手，向你诉说我对你的日夜思念。然而霎时间我完全明白，有些过错是永远也无可挽回了。

词的上片通过追忆往昔美满的爱情生活，感叹被迫离异的痛苦。先回忆往昔与唐氏偕游沈园时的美好情景，又写词人被迫与唐氏离异后的痛苦心情。接下来，一连三个“错”字，连迸而出，感情极为沉痛。

词的下片，由感慨往事回到现实，进一步抒写被迫离异的巨大哀痛。写沈园重逢时唐氏的表现，写词人与唐氏相遇以后的痛苦心情。全词围绕沈园这一特定的环境，写景与写人穿插交错，缠绵悱恻，哀感顽艳。上下片结尾各用三个叠词，直抒胸臆，掷地有声。读来回肠荡气，催人泪下。

钗头凤

唐琬

shì qíng báo rén qíng è yǔ sòng huáng hūn
世情薄[1]，人情恶，雨送黄昏

huā yì luò xiǎo fēng gān lèi hén cán yù
花易落。晓[2]风干，泪痕残。欲

jiān xīn shì dú yǔ xié lán nán nán nán
笺[3]心事，独语斜阑。难，难，难！

rén chéng gè jīn fēi zuó bìng hún cháng sì
人成各[4]，今非昨，病魂常似

qiū qiān suǒ jiǎo shēng hán yè lán shān pà
秋千索。角声寒，夜阑珊[5]。怕

rén xún wèn yàn lèi zhuāng huān mán mán
人寻问，咽[6]泪装欢。瞒，瞒，

mán
瞒！

注释

① 薄：冷酷。

② 晓：清晨。

③ 笺：信纸，此处指书写。

④ 人成各：两人各自分飞。

⑤ 阑珊：将尽，衰落。

⑥ 咽：吞。

素描

世间人与人之间的感情是多么脆弱呀，而世情又是这样的可恶！

一对好好的恩爱夫妻却要各奔东西，不能相聚。黄昏时节细雨纷纷，那柔弱而可怜的花朵呀，经过风雨的吹打，是那么容易凋落。雨声淅沥，我的眼泪却已经止不住流淌下来。整夜无眠，直到早晨的清风把我面颊的泪水吹干，而那泪水的残痕却依然留在我的脸上。我多么想把满腔的苦水诉说给你听呀，可却知道这是不可能的，只能嗟叹“难呀，难”！

昨天我俩还是耳鬓厮磨，今天却是天各一方。思念心苦，使我常年染病，病后的身体就像那飘荡的秋千。角声凄凉，长夜无眠，多么想倾诉我心中的苦闷与疼痛呀，可是却更怕别人询问，于是只能强颜欢笑。

可是，越瞒，我心中的苦痛越加强烈，越瞒，我的相思之情就越深沉。

词的上片交织着十分复杂的感情内容，抒写了对于在封建礼教支配下的世故人情的愤恨之情，暗喻自己备受摧残的悲惨处境，写内心的痛苦，极为深切动人。

过片“人成各”是就空间角度而言的，“今非昨”是就时间角度而言的。其间包含着多重不幸。不幸的事还在继续：“病魂常似秋千索”，梦魂夜驰，积劳成疾，终于成了“病魂”。“角声寒，夜阑珊，怕人寻问，咽泪装欢”四句，具体倾诉出了这种苦境。结句以三个“瞒”字作结，再次与开头相呼应。既然封建礼教不允许纯洁高尚的爱情存在，那就把它珍藏在心底吧！

好事近

杨万里

yuè wèi dào chéng zhāi, xiān dào wàn huā chuān
月未到诚斋[1]，先到万花川

gǔ. bù shì chéng zhāi wú yuè, gé yī tíng
谷[2]。不是诚斋无月，隔一庭

xiū zhú.
修[3]竹。

rú jīn cái shì shí sān yè, yuè sè yǐ rú
如今才是十三夜，月色已如

yù. wèi shì qiū guāng qí yàn, kàn shí wǔ
玉[4]。未是秋光奇艳，看十五

shí liù.
十六。

注释

① 诚斋：作者书斋名。

② 万花川谷：诚斋不远处一座苑圃的名字。

③ 修：长且直。

④ 玉：形容月色晶莹。

素描

我喜欢在夏季温凉的夜里读书，尤其喜欢有月亮的夜晚，每当这个时候，我的心情就会格外的好。

今晚，又是一个有月亮的夜晚。书斋周围非常寂静，只有夏虫在窗下不住地鸣唱。我的心一片宁静和欢悦。我索性将室内的油灯吹灭，以便欣赏今夜无边的美好月色。

花园里各色的繁花都静立在这月色里。月光并不能照进我的窗子，窗前隔着几丛修竹，枝叶在初夏的夜风里轻轻摇曳着，疏淡的影子投在地上，一如我此时的悠闲的心情。今晚的月色还不是最好，我捋着胡须，低头想了一下，原来今晚才是十三，离月圆之夜尚有两三日。如果想欣赏无边的月色，还是等到十五十六夜里。虽然现在的月色已经如玉般晶莹清凉，不过更好的景色肯定还在后面。

我忽然间领悟了，人生不就像这月亮一样，渐圆渐亮吗？

这是一首咏月词，不过直接写月亮的只有“月色已如玉”一句。月的形和神，是用比较法。衬托月亮，最常见的办法是去写云彩，但杨万里采用了纯新的方式。

上片以谷、斋、竹作陪衬。上片是以物托月，下片则以月自托。作者是在写月，但又不全在写月，更重要的，他是在借月写人。花的芬芳，竹的正直，书斋所象征的博学，以及用来作比喻的玉的坚和洁，都透露出一种高贵而雅洁的审美趣味，而清寒如玉的月光也就寓蕴了更丰富的人格象征意义。

六州歌头

张孝祥

cháng huái wàng duàn，guān sài mǎng rán píng。

长淮[1]望断，关塞莽然[2]平。

zhēng chén àn，shuāng fēng jìn，qiāo biān shēng。àn

征尘暗，霜风劲，悄边声。黯

xiāo níng。zhuī xiǎng dāng nián shì，dài tiān shù，fēi

销凝。追想当年事，殆天数，非

rén lì；zhū sì shàng，xián gē dì，yì shān

人力；洙泗[3]上，弦歌地[4]，亦膻

xīng。gé shuǐ zhān xiāng，luò rì niú yáng xià，

腥。隔水毡乡[5]，落日牛羊下，

ōu tuō zòng héng。kàn míng wáng xiāo liè，jì

区脱[6]纵横。看名王[7]宵猎，骑

huǒ yī chuān míng，jiā gǔ bēi míng，qiǎn rén jīng。

火一川明，笳鼓悲鸣，遣人惊。

niàn yāo jiān jiàn xiá zhōng jiàn kōng āi
念腰间箭，匣中剑，空埃
dù jìng hé chéng shí yì shī xīn tú zhuàng
蠹，竟何成！时易失，心徒壮，
suì jiāng líng miǎo shén jīng gān yǔ fāng huái
岁将零[⑧]。渺神京。干羽方怀
yuǎn jìng fēng suì qiě xiū bīng guàn gài shǐ
远[⑨]，静烽燧，且休兵。冠盖[⑩]使，
fēn chí wù ruò wéi qíng wén dào zhōng yuán yí
纷驰骛，若为情[⑪]！闻道中原遗
lǎo cháng nán wàng cuì bǎo ní jīng shǐ xíng
老，常南望、翠葆霓旌[⑫]。使行
rén dào cǐ bēi fèn qì tián yīng yǒu lèi
人到此，悲愤气填膺，有泪
rú qīng
如倾。

注释

① 长淮：指淮河。

② 莽然：形容草木茂盛。

③ 洙泗：洙、泗二水，流经山东曲阜，孔子曾在此讲学。

④ 弦歌地：指有文化教育的地方。

⑤ 毡乡：北方民族住在毡帐里，故称其地为毡乡。

⑥ 区脱：匈奴语称边境屯戍或守望的土堡。

⑦ 名王：指金兵的主将。

⑧ 零：尽。

⑨ 干羽方怀远：用礼乐文化怀柔远方。干盾和羽翟，均为古代供乐舞之用。

⑩ 冠盖：指官员的服装和车马。

⑪ 若为情：何以为情。

⑫ 翠葆霓旌：翠羽装饰的车盖，霓虹似的彩色旌旗。

素描

有一年我出使金国，走到江淮一带，眼见大宋的国境已收缩至此，只剩下半壁江山。极目千里淮河，南岸一线的防御无屏障可守，只是莽莽平野而已。江淮之间，征尘暗淡，霜风凄紧，更增战后荒凉景象。我不禁黯然神伤。

追想当年靖康之变，二帝被掳，宋室南渡。这究竟是谁的过错呢？远望金人所占的地方，如今只有一水之隔，昔日耕稼之地，此时已变为游牧之乡。帐幕遍野，日夕吆喝着成群的牛羊回栏。分明是塞外的风光，我中原的古风哪里去了？禁不住义愤填膺，想着金人统治下的父老同胞，年年盼望王师早日北伐，收复失地，眼巴巴地望着饰以鸟羽的车盖和彩旗下大宋皇帝的仪仗。大宋的现状仍然没有什么改观，朝廷每年派遣求和的使臣依然充满道路。中原大地的长期不能收复，走到这里的每个使臣都会满腔悲愤，为中原人民的年年伤心失望而热泪滚滚。

上片描写江淮区域宋金对峙的态势。下片抒写复国的壮志难酬，朝廷当政者苟安于和议现状，中原人民空盼光复，词情更加悲壮。

全词篇幅长，格局阔大，多用三言四言的短句，构成激越紧张的促节，声情激壮，正是词人抒发满腔爱国激情的极佳艺术形式。多层次、多角度地展示了那个时代的宏观历史画卷，强有力地表达出人民的心声。

念奴娇

过洞庭

张孝祥

dòng tíng qīng cǎo jìn zhōng qiū gèng wú yī
洞庭青草[1]，近中秋、更无一

diǎn fēng sè yù jiàn qióng tián sān wàn qǐng zhuó
点风色。玉鉴琼田[2]三万顷，著

wǒ piān zhōu yī yè sù yuè fēn huī míng hé
我扁舟一叶。素月分辉，明河

gòng yǐng biǎo lǐ jù chéng chè yōu rán xīn huì
共影，表里俱澄澈。悠然心会，

miào chù nán yǔ jūn shuō
妙处难与君说。

yīng niàn lǐng hǎi jīng nián gū guāng zì
应念岭海[3]经年，孤光[4]自

zhào gān fèi jiē bīng xuě duǎn fà xiāo sāo jīn
照，肝肺皆冰雪。短发萧骚襟

xiù lěng wěn fàn cāng làng kōng kuò jìn xī xī
袖冷，稳泛沧浪[⑤]空阔。尽吸西

jiāng xì zhēn běi dǒu wàn xiàng wéi bīn kè
江[⑥]，细斟北斗[⑦]，万象为宾客。

kòu xián dú xiào bù zhī jīn xī hé xī
扣舷独啸，不知今夕何夕。

注释

① 洞庭青草：两者均为湖名。洞庭湖在湖南岳阳市西面，青草湖在洞庭之南，二湖相通，总称洞庭湖。

② 玉鉴琼田：形容皎洁月光下的湖水。

③ 岭海：两广之地，北有五岭，南有南海，故称岭海。

④ 孤光：指月亮。

⑤ 沧浪：青苍色的水。

⑥ 西江：指长江。长江来自西，故称。

⑦ 细斟北斗：把北斗当酒勺慢慢地舀酒。

素描

我乘舟南下，在一个有月亮的晚上，正好来到洞庭湖边，那时月色格外明亮，眼看已接近中秋了。风平波静，我正可欣赏秋夜的美景。一叶扁舟在如银的波面上缓缓滑行，冷月的清辉在波面上荡漾，我的心也像波面一样明净，那种宁静和喜悦真的难以名状。

沐浴在澄澈的光辉里，想着光怪陆离的人生百态，想着昔日的明争暗斗，尔虞我诈，古往今来能有几人看透人生的万丈红尘？到头来还不是都付与一抔尘土？在世的时候也有人追求建功立业，可是这么多年过去了，秦皇汉武，究竟有几个人在史册上留下了痕迹？唉，人生终究虚幻，什么功名利禄，什么繁花似锦，什么爱恨贪痴，都不过是人生的表面。我又何必计较太多？

可能是在舱外站立的时间太久，觉得一股股寒意直侵心肺。望着满天星斗，我不禁长啸一声，心中油然生出不知今夕是何年的感慨。

一叶扁舟泛于万顷波光玉镜琼田，写悠然心会的物我相谐；明月孤光，映照自己肝胆如冰雪，写月清人洁的物我为一；斟北斗挹西江，邀万象为宾客，写稳泛沧浪的物我同游；至扣舷独啸，今夕何夕，则臻于物我两忘的美妙化境。

此词咏洞庭中秋，泛舟人的心迹与湖光月色融为一体，词品、人品，词境、人境，俱玉洁冰清，不染俗尘，作者自是胸襟坦豁，热肠郁思只于闲淡处、超迈处见得，运笔空灵，而自有绝俗的豪气、奇气、逸气。

浣溪沙

张孝祥

shuāng rì míng xiāo shuǐ zhàn kōng míng qiào shēng
霜日明霄水蘸空，鸣鞘[1]声
lǐ xiù qí hóng dàn yān shuāi cǎo yǒu wú zhōng
里绣旗红，澹烟衰草有无中。
wàn lǐ zhōng yuán fēng huǒ běi yī zūn zhuó
万里中原烽火北，一尊[2]浊
jiǔ shù lóu dōng jiǔ lán huī lèi xiàng bēi fēng
酒戍楼东，酒阑[3]挥泪向悲风。

注释

① 鞘：鞭鞘。

② 尊：杯。

③ 阑：干。

素描

一个晴空万里的秋日，我和幕僚相约骑马到郊外的城楼观看边塞的情况。

一路上看不尽的大好河山，更加重了我们对朝廷积贫积弱现实的担忧。站在城楼上极目远望塞外，看那猎猎战旗在迎风招展，对方兵强马壮，与之相比，我们的军队不过就像是天边的淡烟衰草一样，真的不堪比较，也不知道我们拿什么去打胜仗，拿什么去收复失地！这样的情况绝非一日两日可以改观。远望昔日的中原大地，现在竟在烽火硝烟的北面，往日的良田沃野现在恐怕都成了杂草丛生的牧场了吧。

想到这里，我的心里充满了悲凉和愤懑，我叫来两杯浊酒，我的幕僚也和我有着相同的感情，我们对着塞外的萧萧朔风共同举杯。一时间，不由得悲从中来，泪满衣襟。我们将杯中的浊酒一饮而尽，久久无语……

这首词抒写了因观塞而激起的对中原沦陷的悲痛之情，上片写边塞景色，开阔明丽之中，兼有军戎气氛；下片抒报国之情，意绪悲凉，词笔雄健，俨然一位北望中原志在收复失地的军事首领形象。

清平乐

村居

辛弃疾

máo yán dī xiǎo xī shàng qīng qīng cǎo
茅檐低小，溪上青青草。
zuì lǐ wú yīn xiāng mèi hǎo bái fà shéi jiā
醉里吴音相媚好，白发谁家
wēng ǎo
翁媪[1]。
dà ér chú dòu xī dōng zhōng ér zhèng
大儿锄豆[2]溪东，中儿正
zhī jī lóng zuì xǐ xiǎo ér wú lài xī tóu
织[3]鸡笼；最喜小儿无赖[4]，溪头
wò bāo lián péng
卧[5]剥莲蓬。

注释

① 翁媪：老公公和老婆婆。

② 锄豆：除掉豆地里的草。

③ 织：编织。

④ 无赖：顽皮。

⑤ 卧：趴着。

素描

我信步走在乡间小道上，放眼望去，是一幅多么迷人的乡间图景呀。

不远处有一处低矮的茅草小屋，近处，清澈的溪水潺潺流淌，溪旁长满绿油油的青草，是那样可爱和充满活力。多么的沁人心脾呀，仿佛让我忘却了人世间的一切烦恼。

茅屋门前，坐着一对满头白发的翁媪，他们一边喝着热腾腾的酒，一边亲密地聊着家常，这是一种多么悠闲自得的生活呀：和谐、温暖、惬意，让人羡慕。

环顾四周，你看，他们的大儿子正在溪东边的豆地里挥汗如雨地锄着草；二儿子还很年轻，不能干重体力活，只好待在家里编织鸡笼；而最让人感到有趣的，是那天真可爱、不懂世事的小儿子，他正懒懒地趴在溪边，用手剥莲蓬吃呢！

这是一幅素淡清新的农村风俗画，一条小溪贯穿画幅，溪边有低矮的茅屋，表示这是一庄户人家，老少两组人物散布画上。老人喝酒谈笑，颐养天年；青年各自忙碌；一位男孩引人注目，“溪头卧剥莲蓬”，真是自得其乐。

在描写手法上，这首小令没有一句使用浓笔艳墨，只是用纯粹的白描手法，描绘了农村一个五口之家的环境和生活画面。通过这样简单的情节安排，就把一片生机勃勃、和平宁静、朴素安适的农村生活，真实地反映出来了，给人一种诗情画意、清新悦目的感觉。这样的构思巧妙、新颖，色彩协和、鲜明，给人留下了难忘的印象。

青玉案

元　夕

辛弃疾

dōng fēng yè fàng huā qiān shù gèng chuī
东风夜放花千树[1]。更吹

luò xīng rú yǔ bǎo mǎ diāo chē xiāng mǎn lù
落，星如雨。宝马雕车香满路。

fèng xiāo shēng dòng yù hú guāng zhuǎn yī yè yú
凤箫[2]声动，玉壶光转[3]，一夜鱼

lóng wǔ
龙舞。

é ér xuě liǔ huáng jīn lǚ xiào yǔ yíng yíng àn
蛾儿雪柳黄金缕[4]，笑语盈盈暗

xiāng qù zhòng lǐ xún tā qiān bǎi dù mò rán
香[5]去。众里寻他千百度，蓦然[6]

huí shǒu nà rén què zài dēng huǒ lán shān chù
回首，那人却在，灯火阑珊[7]处。

注释

① 花千树：比喻灯火之多。

② 凤箫：箫的美称，一说指排箫。

③ 玉壶光转：月光普照。玉壶，一说精美的灯。

④ 黄金缕：形容鹅黄色的柳丝。

⑤ 暗香：花香，借指美人。

⑥ 蓦然：忽然。

⑦ 阑珊：零落。

素描

又是一年元宵佳节，抬眼望去，今年的元宵节是多么热闹，馨暖的东风拂面而过，仿佛想吹开那正在沉睡中的人间百花。可是你瞧，那人间的百花还没来得及盛开，元宵的火树银花却被东风吹绽，它们不仅是地上闪闪的灯花，而且是从那天上飘落的如雨的彩星。灯光迷离之中，那高俊的宝马、馨香的彩车，从我身边缓缓驶过，空气中到处飘荡着浓烈的熏香和轻盈的箫乐，社台上正在上演着鱼龙曼舞的“社火”百戏，好不繁华热闹。可是，我又在苦苦追寻什么呢？

一个个盛装的游女们，雾鬓云鬟，戴满了元宵特有的闹娥儿、雪柳，迈着轻盈的碎步，谈笑风生，纷纷从我身边走过，只留下一阵衣香犹在暗中飘散。可是，我仍然一脸茫然，苦苦追寻，心中的可人儿呀，你到底在哪里？忽然，我的眼睛一亮，那不正是她吗？在那一角残灯旁，对了，就是她，就是她！我不禁喜出望外，激动不已。

这是一首描写元宵灯会的词，写元宵节观灯，寻觅意中人。

上片专门写人，渲染满城灯火、游人如织，一派热闹景象。下片写词人在欢乐的人群之中，寻找所思念的女子，却在冷落的地方发现了她。

“蓦然回首，那人却在，灯火阑珊处”这三句被王国维视为从古到今要想在事业上或学问上有大的成就所必须经历的第三种境界。

全词纯用白描，通过对比和映衬，刻画出“那人”的遗世独立和孤芳自赏。

水龙吟

登建康[1]赏心亭

辛弃疾

chǔ tiān qiān lǐ qīng qiū shuǐ suí tiān qù qiū
楚天千里清秋，水随天去秋

wú jì yáo cén yuǎn mù xiàn chóu gòng hèn
无际。遥岑[2]远目，献愁供恨[3]，

yù zān luó jì luò rì lóu tóu duàn hóng shēng
玉簪螺髻。落日楼头，断鸿[4]声

lǐ jiāng nán yóu zǐ bǎ wú gōu kàn liǎo
里，江南游子。把吴钩[5]看了，

lán gān pāi biàn wú rén huì dēng lín yì
栏干拍遍，无人会、登临意。

xiū shuō lú yú kān kuài jìn xī fēng jì
休说鲈鱼堪脍，尽西风、季

yīng guī wèi qiú tián wèn shè pà yīng xiū jiàn
鹰归未？求田问舍，怕应羞见，

liú láng cái qì kě xī liú nián yōu chóu fēng
刘郎才气。可惜流年，忧愁风

yǔ shù yóu rú cǐ qiàn hé rén huàn qǔ
雨，树犹如此！倩[6]何人唤取，

hóng jīn cuì xiù wèn yīng xióng lèi
红巾翠袖[7]，揾[8]英雄泪！

注释

① 建康：今江苏南京。

② 遥岑：远山。

③ 献愁供恨：触发自己的忧愁怨恨。

④ 断鸿：失群的孤雁。

⑤ 吴钩：一种弯形的刀。

⑥ 倩：请。

⑦ 红巾翠袖：指歌妓。

⑧ 揾：擦拭。

素描

楚国的天空，幅员千里，辽阔空远，满天的秋色无边无际。浩浩荡荡奔流不息的大江流向天际，也不知道何处是它的尽头。登上赏心亭，放目远望，那一层层、一叠叠的远山，就像那美人头上插戴着玉簪的发髻，可是这些只会更加引发我的忧愁和愤恨。夕阳渐渐西沉，落下楼头，天空中断断续续传来了孤鸿的哀鸣。我这流落江南的游子呀，只能摸着腰间空自佩戴的宝刀，悲愤地拍着亭子上的栏杆，可是谁又能领会我这空有抱负而无力施展的悲愤之情呢？

秋风又起，连大雁都有回归的家乡，而我的家乡还在金人的统治之下，想回都回不去了！只能当个流落他乡的游子。我也不想学习许汜，在国家危难之际买田置屋。可惜我年龄一天比一天大了，就连树木也无法经受住风雨的吹打呀，何况人呢？算了吧，我也只能请身边的歌妓递过手巾，来擦拭脸上止不住的热泪。

鉴赏

上片前五句写登楼所见，千里清秋，水天一色，起笔气势阔大，笼罩全篇，再将山河残破的触目愁恨，寓于远山凝碧之中。接着，落到自身，楼头落日，孤鸿哀啼，映衬出羁宦无依、焦虑苦闷、深忧积恨、知音难觅、无人会意。

下片承接而来，直抒登临胸臆。连用三个典故表明心迹：不甘辞官归隐，以名士风流自居；不屑求田问舍，而是志在北伐。

此词登临感怀，眼底江山与心头抱负两相融汇，阔景、壮志、豪气、悲怀并集，笔力遒劲而笔致宛曲，于纵横跌宕中慷慨淋漓，如闻裂竹之声，表现出独具“辛”味的沉郁悲慨。

菩萨蛮

书江西造口壁

辛弃疾

yù gū tái xià qīng jiāng shuǐ zhōng jiān duō
郁孤台[1]下清江水，中间多
shǎo xíng rén lèi xī běi wàng cháng an kě lián
少行人[2]泪。西北望长安，可怜
wú shù shān
无数山。

qīng shān zhē bù zhù bì jìng dōng liú qù
青山遮不住，毕竟东流去。
jiāng wǎn zhèng chóu yú shān shēn wén zhè gū
江晚正愁余[3]，山深闻鹧鸪[4]。

注释

① 郁孤台：今江西赣州城区西北部贺兰山顶，又名望阙名。

② 行人：指金兵侵犯时流离失所的人民。

③ 愁余：使我愁闷。

④ 鹧鸪：鸟名。借其“行不得也，哥哥”声，比喻恢复中原无望。

素描

登上赣州的郁孤台，这高台的名字让我心碎。是呀，有多少人和我一样满怀抱负，却又无力实现，一生郁闷而又孤单呢？放眼望去，赣江的清水从台前缓缓流逝。这清澈的江水中，有多少像我这样郁郁不得志、羁旅他乡、无家可归的行人的泪水呢？我抬头向那西北方向的长安望去，却只能望见无数重重叠叠的青山，那里的国土和人民正遭受着金人铁蹄的肆意践踏。

我无奈地看着这郁郁葱葱的大好河山，是呀，即使是青山也不能挡住无情的江水向东边流去，人民最终总是会战胜侵略者的。天色渐暗，残阳如血，凄冷的江风使我更加悲愁。久久伫立在台上，真想把这大好河山永远欣赏下去，可是我知道虎视眈眈的金人迟早是要南下的，可我这个末路的英雄，却只能在这漫漫的夜色之中，听着深山中的鹧鸪一声一声地哀鸣。

鉴赏

这首词，用极高明的比兴手法，由眼前的青山绿水，隐括40年前的家国巨变。全词沉郁顿挫，劲气内敛，是辛词代表作之一。

上片登台览景，下片即景抒情。词以山深江晚时哀沉凄迷的啼声暮色收束，流露出作者南归后恢复之志落空的愁闷和悲怆。

此词从大处着眼，于小处落墨，以景烘情，以景寓情，伤时忧国的悲慨不说破坐实，而忠愤之气拂拂于笔端。

西江月

夜行黄沙[①]道中

辛弃疾

míng yuè bié zhī jīng què, qīng fēng bàn yè
明月别枝[②]惊鹊，清风半夜

míng chán. dào huā xiāng lǐ shuō fēng nián, tīng qǔ
鸣蝉。稻花香里说丰年，听取

wā shēng yī piàn.
蛙声一片。

qī bā gè xīng tiān wài, liǎng sān diǎn yǔ shān
七八个星天外，两三点雨山

qián. jiù shí máo diàn shè lín biān, lù zhuǎn xī
前。旧时茅店社林[③]边，路转溪

qiáo hū xiàn.
桥忽见[④]。

注释

① 黄沙：黄沙岭，今江西上饶。

② 别枝：另一枝，斜枝。

③ 社林：土地庙边的树林。

④ 见：同“现”，显现，出现。

素描

这是一个夏夜，独自在乡间的小路上匆匆行走，天空中的云彩似乎也伴随着我这个夜行人匆匆赶路。一轮明月忽而躲在云朵里，忽而钻出来，调皮地和我捉迷藏，可是我行色匆匆又怎会有这样空闲呢？反倒是那栖息在梧桐枝头的鹊儿，忽然被明亮的月光惊醒，从枝头上猛地飞了起来。空气中突然吹来阵阵清风，仿佛要为我送来凉爽的秋意。躲在树干上的蝉儿也叫了起来。田地里，散发着一片沁人的稻香，青蛙呱呱叫个不停，似乎告诉我，这又是一个丰收之年。

突然，两三点凉凉的雨点子飘打到我脸上，抬眼望天，只有七八颗寥落的星星在向我眨眼，好一个惬意的夏夜呀，我不禁沉浸在这田野交响曲中。不知不觉，我已来到了旧时社林旁边的那家茅店，见到了转弯处溪边的小桥。

鉴赏

词人在一个夏夜赶路，写下了这首饶有情趣的小令。

上片通过惊鹊、鸣蝉、蛙声，衬托出明月清风、稻花飘香的夜景，其中调动了视觉、触觉、嗅觉、听觉，反映出作者对丰收的盼望以及轻松愉快的心情。下片写疏星犹在，微雨偶至，形成小小的插曲。就在此时，溪桥路转，茅店忽见，欣喜之情油然而生。全词首句点“夜”，结句点“行”，结构完整。

整首词笔触轻灵活泼，取眼前常景刻画入微，形象生动清新，恰似连绵而叠转展开的一幅初夏乡村夜行图，朴野成趣的乡土气息扑面而来，给人身临其境的真切感和美感。

破阵子

为陈同甫赋壮词以寄

辛弃疾

zuì lǐ tiǎo dēng kàn jiàn， mèng huí chuī jiǎo
醉里挑灯看剑，梦回吹角

lián yíng bā bǎi lǐ fēn huī xià zhì， wǔ shí
连营[1]。八百里[2]分麾下炙，五十

xián fān sài wài shēng， shā chǎng qiū diǎn bīng
弦[3]翻[4]塞外声[5]，沙场秋点兵。

mǎ zuò dí lú fēi kuài， gōng rú pī lì
马作的卢[6]飞快，弓如霹雳

xián jīng liǎo què jūn wáng tiān xià shì， yíng dé
弦惊。了却君王天下事[7]，赢得

shēng qián shēn hòu míng， kě lián bái fà shēng
生前身后名，可怜白发生！

注释

① 吹角连营：各个军营里接连不断地吹起号角。

② 八百里：指牛。晋王恺有牛名八百里驳。

③ 五十弦：古瑟为五十弦，此处泛指军中乐器。

④ 翻：演奏。

⑤ 塞外声：以边塞作为题材的雄壮悲凉的军歌。

⑥ 的卢：三国时刘备骑过的骏马，此处代指骏马。

⑦ 天下事：指收复中原这件大事。

素描

壮士在夜深人静、万籁俱寂之时，思潮汹涌，无法入睡，只好起床独自饮酒。酒醉之后，仍无眠，于是挑亮了油灯，拔出宝剑看了一遍又一遍，看着看着，不觉睡着了。在梦里，他似乎又回到了那角声阵阵的军营。在一个接一个的军营中，将士们欢欣鼓舞，饱餐着将军分给的烤牛肉。这时军中又响起了振奋人心的战斗乐曲。牛肉一吃完，将士们就排起了整齐的队伍。而将军也是神采奕奕，意气昂扬，在秋高马壮的时候，点兵出征，准备一举把敌人歼灭。

将军率领着铁骑，风驰电掣般地奔赴着前线。战场上骏马飞奔，将士们发出了汹涌的怒吼声，万箭齐发，弓弦声就像雷鸣一般。敌人纷纷落马，狼狈溃退。将军身先士卒，乘胜追杀，霎时结束了战斗。凯歌入云，欢声动地，旌旗招展。将军替君王了却了天下大事，于是名垂史册。可是，现在自己却已是满头白发了。

鉴赏

这首词塑造了一位英勇抗金的军事首领形象，这正是辛弃疾的自我形象写照，也是他一生的理想追求。由于南宋统治者的苟且偷安，他的愿望始终无法实现。

全词写得淋漓酣畅，豪迈雄壮，章法独到，打破词的分片程式，任意恣肆写梦前，再由梦醒折回写梦中，不分过片一气贯下，结处再用“可怜”二字陡转写梦后。作者将现实与梦境、激越与悲怆形成对比，强烈映衬，跌宕开合，尽吐有志报国而才志不伸的无限感慨。

永遇乐

京口北固亭[1]怀古

辛弃疾

qiān gǔ jiāng shān, yīng xióng wú mì, sūn zhòng
千古江山，英雄无觅，孙仲

móu chù. wǔ xiè gē tái, fēng liú zǒng bèi,
谋[2]处。舞榭歌台，风流总被，

yǔ dǎ fēng chuī qù. xié yáng cǎo shù, xún cháng
雨打风吹去。斜阳草树，寻常

xiàng mò, rén dào jì nú céng zhù. xiǎng dāng
巷陌，人道寄奴[3]曾住。想当

nián, jīn gē tiě mǎ, qì tūn wàn lǐ rú hǔ.
年，金戈铁马，气吞万里如虎。

yuán jiā cǎo cǎo, fēng láng jū xū, yíng dé
元嘉[4]草草[5]，封狼居胥，赢得

cāng huáng běi gù. sì shí sān nián, wàng zhōng yóu
仓皇北顾。四十三年，望中犹

jì fēng huǒ yáng zhōu lù kě kān huí shǒu fó
记，烽火扬州路。可堪回首，佛

lí cí xià yī piàn shén yā shè gǔ píng shéi
狸祠下，一片神鸦[6]社鼓。凭谁

wèn lián pō lǎo yǐ shàng néng fàn fǒu
问：廉颇[7]老矣，尚能饭否？

注释

① 北固亭：在镇江江岸北固山上。

② 孙仲谋：三国时的吴帝孙权，字仲谋。

③ 寄奴：南朝宋武帝刘裕，小名寄奴。

④ 元嘉：宋文帝年号。

⑤ 草草：草率。

⑥ 神鸦：祭神时啄食祭品的乌鸦。

⑦ 廉颇：战国时赵国名将。

素描

我登上北固亭，眺望祖国的大好河山，思绪万千。是呀，那美好的江山不是千年不变吗？可是如今，我又到哪里可以找到心中的英雄——孙权呢？当年繁华的楼台亭榭又到何处去了？

往日的风流强盛随着时间流逝，因风吹雨打而消失殆尽。在那落日衰草的普通大街小巷，也许军威雄壮、金戈铁马、气势如虎的刘裕还曾经在那住过呢。

仍然记得南朝宋文帝曾草草出兵北上，轻启战端，想仿效汉朝霍去病建立封狼居胥的伟业，结果惨败而归，弄得两淮残破，胡马饮江，国势由此一蹶不振。43年前北上收复失地的大好形势，现在还记忆犹新。

可是现在，当年战斗的地方只有一些苟安的人在求神祝福。

现在，又有谁还会来问：廉颇老了，还能不能吃饭、能不能继续领兵打仗？

这首词是登临怀古、感时抒愤之作。词将登临怀古与感慨时事结合在一起，一方面表达了对中原的怀念，一方面借古喻今，隐含对当政者的鄙视。用典贴切，弦外有音。设问句与感叹句的交替运用，更显得顿挫有力，感情激越。

辛弃疾胸罗万卷，驰骋百家，善以健笔豪气于词中用典使事，借咏古事以抒今怀，所用典故无不扣住京口怀古而关联时事。全篇“以浩气行之”，写景、叙事、议论、抒情，圆转跳荡，作者纵横开阖，笼古今于笔端，内容深厚，气韵沉雄，笔调苍劲，境界阔大，极吟古之能事，为千古传诵的名篇。

鹧鸪天

元夕有所梦

姜　夔

féi shuǐ dōng liú wú jìn qī dāng chū bù
肥水[1]东流无尽期，当初不

hé zhòng xiāng sī mèng zhōng wèi bǐ dān
合[2]种相思[3]。梦中未比丹

qīng xiàn àn lǐ hū jīng shān niǎo tí
青[4]见，暗里忽惊山鸟啼。

chūn wèi lǜ bìn xiān sī rén jiān bié jiǔ
春未绿，鬓先丝[5]。人间别久

bù chéng bēi shéi jiào suì suì hóng lián yè liǎng
不成悲。谁教岁岁红莲[6]夜，两

chù chén yín gè zì zhī
处沉吟各自知。

注释

① 肥水：源出安徽合肥西南紫蓬山，北流三十里分为二：一条东流经合肥入巢湖，一条西北流至寿州入淮河。

② 不合：不应当，不该。

③ 种相思：留下相思之情。

④ 丹青：指画像。

⑤ 丝：指鬓发苍白。

⑥ 红莲：指正月十五夜供观赏的花灯。

素描

肥水悠悠地向东流去，仿佛是那悠悠流逝的岁月，又像是漫长岁月中无穷无尽的痛苦相思。

时过 20 多年了，可我怎么也忘却不了与那美丽可爱的两姐妹温馨而又痛苦的往事。早知道今天会这样，真后悔当初种下了这乱我心神的相思之树！在梦里，我依稀梦见了她俩的模样，可是由于时间过于久远，竟然比我整日把玩的丹青画像还要模糊。梦境迷蒙中，忽然传来山鸟的啼鸣声，惊醒了我的幻梦。于是，就连这么一点可怜的模糊印象也消失了。

开春换岁了，春郊尚未绿遍，可是我的头发却早已白了。人间相思之情，大抵如是：分离久了，仿佛不应该叫作悲哀了。可是，这刻骨铭心的深切思念之情，又如何诉说出来呢？

现在，也只有在自己的内心深处还藏着这份隐隐的情思。也许，每年元宵之夜，她俩也在思念着我呢。

鉴赏

这是一首情词。全篇除“红莲”一词由于关乎爱情而较艳丽外，语言朴实自然。词的内容意境也特别空灵蕴藉，纯粹抒情，丝毫不及这段情缘的具体情事，正所谓“意愈切而词愈微”，“感慨全在虚处”。

扬州慢

姜夔

huái zuǒ míng dū zhú xī jiā chù jiě
淮左名都[①]，竹西[②]佳处，解

ān shāo zhù chū chéng guò chūn fēng shí lǐ jìn
鞍少驻初程。过春风十里，尽

jì mài qīng qīng zì hú mǎ kuī jiāng qù hòu
荠麦青青。自胡马窥江去后，

fèi chí qiáo mù yóu yàn yán bīng jiàn huáng hūn
废池乔木，犹厌言兵。渐黄昏，

qīng jiǎo chuī hán dōu zài kōng chéng
清角[③]吹寒，都在空城[④]。

dù láng jùn shǎng suàn ér jīn chóng dào xū
杜郎俊赏[⑤]，算而今、重到须

jīng zòng dòu kòu cí gōng qīng lóu mèng hǎo
惊。纵豆蔻[⑥]词工，青楼梦好，

nán fù shēn qíng　èr shí sì qiáo réng zài，bō
难赋深情。二十四桥仍在，波

xīn dàng、lěng yuè wú shēng。niàn qiáo biān hóng
心荡、冷月无声。念桥边红

yào，nián nián zhī wèi shéi shēng
药[7]，年年知为谁生！

注释

① 淮左名都：宋朝设置淮南路，后分为东西两路，淮南东路称淮左，扬州为其首府。

② 竹西：亭名，在扬州东蜀岗上禅智寺前。

③ 清角：声调凄凉的号角。

④ 空城：形容扬州劫后的萧条景象。

⑤ 俊赏：精于鉴赏，善于品评。

⑥ 豆蔻：形容少女。

⑦ 红药：芍药花。

素描

扬州自古就是江淮的繁华之地，那里有多少迷人的风景呀，有著名的亭台楼榭，也有美丽的自然风光。可是现在我在那里下马步行，放眼观看完颜亮南犯之后的城市，却是一片荒芜。现在已是春天，可是哪里有盛开的鲜花呢？到处都是蔓生的野草。自从胡马铁蹄蹂躏之后，如今已是满目疮痍了，那废弃的池水、满城的乔木默默不语，似乎也厌倦了讨论战争。夕阳西落，黄昏渐近，寒冷的空气中传来的阵阵角声，响彻了整个空城。

纵然杜牧风流倜傥，才华横溢，如果今日重新来到扬州，他也一定会惊讶不已，再不能吟出豆蔻年华、青楼梦好这样的美词来。因为昔日的风月繁华，今日都已风流云散了。是呀，二十四桥依然无声地伫立在那里，江中心波光荡漾，清冷的月光寂寞无语，只有水中的倒影在不停地晃动。想想呀，那些桥边的芍药花，每年都在为谁而生长呢？

此词为扬州感怀之作。

上片以“名都”起，以“空城”结，不尽今昔盛衰之感。下片化杜牧诗意而推进一层。

乱后感怀之作前人多有，而此词凄楚之音浸入纸背，尤为冷隽沉郁，有人将本篇比作鲍照的《芜城赋》，并不为过。

“二十四桥仍在，波心荡、冷月无声”，工巧惨淡，凄艳幽冷，堪称千古名句。

暗香

姜夔

jiù shí yuè sè suàn jǐ fān zhào wǒ méi
旧时月色，算几番照我，梅

biān chuī dí huàn qǐ yù rén bù guǎn qīng hán
边吹笛？唤起玉人[1]，不管清寒

yǔ pān zhāi hé xùn ér jīn jiàn lǎo dōu wàng
与攀摘。何逊[2]而今渐老，都忘

què chūn fēng cí bǐ dàn guài dé zhú wài shū
却、春风词笔。但怪得[3]、竹外疏

huā xiāng lěng rù yáo xí
花，香冷入瑶席[4]。

jiāng guó zhèng cén jì tàn jì yǔ lù
江国，正岑寂。叹寄与路

yáo yè xuě chū jī cuì zūn yì qì hóng
遥，夜雪初积。翠尊易泣[5]，红

è wú yán gěng xiāng yì cháng jì céng xié shǒu
萼[6]无言耿相忆。长记曾携手

chù qiān shù yā xī hú hán bì yòu piàn
处，千树[7]压、西湖寒碧。又片

piàn chuī jìn yě jǐ shí jiàn dé
片吹尽也，几时见得？

注释

① 玉人：美人，心爱之人。

② 逊：差，比不上。

③ 但怪得：惊异于。

④ 瑶席：精美的宴席。

⑤ 易泣：把翠尊而对红萼，由杯中之酒想到离人之泪，故曰。

⑥ 红萼：红色的花。此指红梅。

⑦ 千树：宋时杭州西湖边的孤山上梅树成林，有“千树”之说。

素描

还记得旧时的那个夜晚，月光像流水一样倾泻到地面。那素净的梅花悄悄绽放，散发出淡淡的微香。不知何时，有人在梅花之下，伴着融融月色，吹起了悠扬的竹笛。笛声惊醒了一个浅睡的女孩，她迈着盈盈的步伐，来攀摘那洁白的梅花，即使冒着清晨的寒冷，也毫不在乎。

我虽然缺乏才情，可是因为爱梅心切，忍不住要赋词几首，要怪就怪梅花开得太美丽了吧。

不过，女孩采摘了梅花又有什么用呢？那重重的阻隔，纵然折得梅花也无从表达心中的相思之情，只能一个人沉浸在回忆之中。杯中之酒不正像离人的眼泪吗？也只能把眼前的梅花看作远方的所思，来悄然相对了。还记得当年携手同游梅林的情景：千树梅花，无尽繁英，映照在寒碧的西湖水面。

可是，那梅花凋落得如此之快，相忆之人呀，我们何时能够再见面呢？

姜夔应范成大之邀，写下《暗香》《疏影》这两首文学史上著名的咏梅词。姜夔爱梅至深，咏梅之词共有17首，占其全词的六分之一，这两篇最为精绝。《暗香》将咏梅和忆人融合来写，忽人忽花，如痴如醉，表达出无限眷念之情。

此词跌宕有致，句句不离梅花，处处忆念玉人，以人衬梅，以梅映人，咏物而寄情，写意而传神。

从意境、形象和情致来看，这首词从梅的“清”着墨，透出一片清雅、清疏、清迥。

踏莎行

姜夔

zì miǎn dōng lái dīng wèi yuán rì zhì jīn líng jiāng shàng gǎn
自沔东来丁未元日至金陵江上感
mèng ér zuò
梦而作。

yàn yàn qīng yíng yīng yīng jiāo ruǎn fēn
燕燕轻盈[1]，莺莺娇软[2]。分
míng yòu xiàng huá xū jiàn yè cháng zhēng dé báo
明又向华胥[3]见。夜长争得薄
qíng zhī chūn chū zǎo bèi xiāng sī rǎn
情知？春初早被相思染。

bié hòu shū cí bié shí zhēn xiàn lí hún
别后书辞，别时针线。离魂
àn zhú láng xíng yuǎn huái nán hào yuè lěng qiān
暗逐郎行远。淮南[4]皓月冷千
shān míng míng guī qù wú rén guǎn
山，冥冥[5]归去无人管。

注释

① 燕燕轻盈：比喻伊人体态轻盈如燕子。

② 莺莺娇软：比喻伊人声音娇软如莺啼。

③ 华胥：指梦境。

④ 淮南：今合肥地区。

⑤ 冥冥：幽暗深远。

素描

在那飘荡的船上，我又梦见了年轻时远别的恋人。在梦里，春天的燕子在空中低低地飞翔，枝头上莺儿在缠绵悱恻地啼叫，我们漫步在初春的小道上，整个空气都弥漫着一种卿卿我我的柔情蜜意。还记得她撒娇时含情脉脉地告诉我，在这迢迢的春色中，你又怎能尽知我对你的相思之情呢？你看，这早春的世界都仿佛被我的相思之情感动了呢！

可是，好梦千里，终有一别。临到分别，你又在给我缝衣服。你一个人在这里一定很孤单吧，当你疲倦时，又有谁能够悉心照顾你呢？当你苦闷时，又有谁能够陪你聊天呢？而你也忍不住相思之情，终日思念，甚至连魂魄也脱离了躯体，追随我来到了远方。

这时，我突然从梦中惊醒，在一片月光下，淮南千山是如此清冷，我的可人儿，你的魂魄就这样离去，无人照料了吗？

此词是江上行舟感梦而作。

上片写梦，哀怨之极。下片进一层写伊人之情。末两句写作者梦醒后深情想象情人魂魄归去的情景：在一片明月光下，淮南千山是如此清冷，她就这样独自归去无人照管。

这首词用清绮幽峭之笔写缱绻深挚之情，全篇紧扣感梦之主题，上、下连成一片，以梦始，以梦结，意到笔随，意象浑成，境界空灵清远。

双双燕

咏燕

史达祖

guò chūn shè liǎo duó lián mù zhōng jiān qù
过春社了，度帘幕中间，去
nián chén lěng cī chí yù zhù shì rù jiù cháo
年尘冷。差池①欲住，试入旧巢
xiāng bìng huán xiāng diāo liáng zǎo jǐng yòu ruǎn
相并。还相②雕梁藻井③，又软
yǔ shāng liáng bù dìng piāo rán kuài fú huā shāo
语商量不定。飘然快拂花梢，
cuì wěi fēn kāi hóng yǐng
翠尾分开红影④。

fāng jìng qín ní yǔ rùn ài tiē dì
芳径，芹泥⑤雨润。爱贴地
zhēng fēi jìng kuā qīng jùn hóng lóu guī wǎn
争飞，竞夸轻俊。红楼⑥归晚，

kàn zú liǔ hūn huā míng yīng zì qī xiāng zhèng
看足柳昏花暝。应自栖香[7]正

wěn biàn wàng le tiān yá fāng xìn chóu sǔn cuì
稳，便忘了、天涯芳信。愁损翠

dài shuāng é rì rì huà lán dú píng
黛双蛾[8]，日日画阑独凭。

注释

① 差池：形容燕子飞翔时羽翼参差不齐。

② 相：仔细看。

③ 藻井：宫殿或厅堂有画饰的天花板，一般做成向上隆起的井状。

④ 红影：花影。

⑤ 芹泥：水边长芹草的泥地。

⑥ 红楼：富贵人家所居曰红楼，此处指燕子巢居的地方。

⑦ 栖香：睡得很香甜。

⑧ 蛾：比喻美眉。

素描

春分时节，天气温暖，花开万朵。

北归的燕子又在旧时书房的帘幕之间穿行，红楼华屋、雕梁藻井，所不同的是，空屋无人，满目尘封，不免使燕子感到有些冷落凄清。这里到底发生了什么变化呢?燕子欲往而又犹豫,离开旧巢有些日子了,很想重新住进去,于是把雕梁藻井仔细审视一番,双燕就像一对充满柔情蜜意的情侣亲昵地商量,最后决定住下来。于是,它们在花丛中轻快地飞来飞去。

这里风调雨顺,筑巢用的泥土也特别湿润,双燕快活极了,贴着地面飞行,你追我赶,好像比赛着看谁飞得更轻盈漂亮。一直到很晚,双燕看够了红花绿草,细雨垂柳,才高高兴兴地回到自己窝中。

可是,它们忘却了,一个天涯游子曾托它们给家人捎一封书信。现在,谁又留意那个独自凭依在楼栏前,饱受相思折磨的思妇呢?

这是一首神形毕肖的咏燕词,历来备受推崇。全篇拟人化,赋予春燕以人的情感灵性,作生动活泼而富有意趣的刻画。

这首《双双燕》是作者自度曲,此词对燕子的描写是极为精彩的，通篇不出“燕”字，而句句写燕，极妍尽态。摹写穷形摄神，韵调清新俊逸，可谓字字刻绘而又字字天然。咏物至此，真是巧极天工。

卜算子

咏　梅

刘克庄

piàn piàn dié yī qīng diǎn diǎn xīng hóng
片片蝶衣轻①，点点②猩红③

xiǎo dào shì tiān gōng bù xī huā bǎi zhǒng qiān
小。道是天公不惜花，百种千

bān qiǎo
般巧。

zhāo jiàn shù tóu fán mù jiàn zhī tóu shǎo
朝见树头繁，暮见枝头少。

dào shì tiān gōng guǒ xī huā yǔ xǐ fēng chuī liǎo
道是天公果惜花，雨洗风吹了④。

注释

① 蝶衣轻：指花瓣像蝴蝶翅膀般轻盈。

② 点点：形容花朵之密。

③ 猩红：血红。

④ 了：尽。

素描

我独自漫步在百花盛开的花园中。你看呀，那片片花瓣儿，近处看起来就像蝴蝶的翅膀，那么轻盈，那么可爱；走远了看，每一片花朵点点泛红，仿佛是轻轻跳跃的火种，那么鲜艳，那么娇媚。海棠花呀，就连老天爷也怜惜你，赋予你万般的娇态、美好的形体、精巧的花瓣。我不禁为春天里花朵能够自由地盛开感到欣慰。

可哪里想得到，在我早晨散步回到家里之前，园子里海棠树头还有着千朵万朵的鲜花，那些鲜花开得是那样娇艳、那样诱人、那样惹人怜爱，可是晚上我再次跨进园子的时候，一切都变了，枝头上只有寥落的几朵残缺的花朵在无力地开着。早晨满树的春花，突然消失殆尽。这到底是怎么回事呢？我惊异地看着四周，原来老天爷还是要摧残鲜花的。一天的阵雨把满树的花朵都打落了，风儿又把花朵吹得了无踪迹。

是呀，世道人情不也正是如此吗？

这首小词写惜花而又不止于惜花，具有言外之旨。以寻常语入词，自然有致，含蓄深婉。语词巧妙重复，回环往复，耐人寻味。

上片先写花的可爱。下片写花被“雨洗风吹了”的惋惜之情。最后两句是全词的核心所在，但词人也不直说，而先用“道是天公果惜花”句衬起，然后再说出花事被“雨洗风吹了”的可悲现实。

上片的“道是”句是扬，下片的“道是”句是抑，欲抑先扬，流露出词人对老天爷任凭风雨摧残花事的不满。

玉楼春

戏林推[1]

刘克庄

nián nián yuè mǎ cháng an shì， kè shè sì
年年跃马长安市，客舍似

jiā jiā sì jì qīng qián huàn jiǔ rì wú hé
家家似寄[2]。青钱换酒日无何[3]，

hóng zhú hū lú xiāo bù mèi
红烛呼卢[4]宵不寐。

yì tiāo jǐn fù jī zhōng zì， nán dé yù
易挑锦妇机中字，难得玉

rén xīn xià shì nán ér xī běi yǒu shén zhōu
人[5]心下事。男儿西北有神州[6]，

mò dī shuǐ xī qiáo pàn lèi
莫滴水西桥畔泪！

注释

① 推：推官，唐宋时为节度、观察两使或州郡的僚属。

② 寄：客居。

③ 无何：不过问其他的事情。

④ 呼卢：赌博时吆喝之声。

⑤ 玉人：美人。

⑥ 神州：此处指中原沦陷地区。

素描

我的好朋友呀，你是那么的浪漫风流，年年都看着你在街头骑着高头大马纵横驰骋，在酒楼尽情娱乐，呼朋唤友，通宵达旦。

朋友呀，我一定要真诚地规劝你，不要这样下去了。最值得你珍惜的是自己的家人，可千万不要辜负了家人的真情实意。

作为一个男儿，你应该从偎红倚绿的庸俗趣味中解脱出来，立志为祖国做一点贡献，为早日收回中原出力。

作为一个真正的男子汉，心中应该时刻想着在我们的西北方还有等待收复的神州大地，不要在歌楼酒馆空洒自作多情的离别之泪。

此词是刘克庄为规劝林姓友人而写的一篇佳作。

词的上片极力描写林的浪漫和风流。下片是规箴。结尾两句热情而严肃地呼唤林某从偎红倚翠中解脱出来，立志为收复中原建立一番功业。这样的规箴，辞谐而意庄，尤见壮心。

此词章法精巧，上片写人，下片致意，既各有所重，又相得益彰。

清平乐

五月十五夜玩月

刘克庄

fēng gāo làng kuài, wàn lǐ qí chán bèi. céng
风高浪快，万里骑蟾背。曾
shí héng e zhēn tǐ tài, sù miàn yuán wú
识姮娥真体态，素面[1]原无
fěn dài.
粉黛。

shēn yóu yín què zhū gōng, fǔ kàn jī qì
身游银阙珠宫[2]，俯看积气
méng méng. zuì lǐ ǒu yáo guì shù, rén jiān huàn
濛濛。醉里偶[3]摇桂树，人间唤
zuò liáng fēng.
作凉风。

注释

① 素面：姮娥不施脂粉，亦称素娥。

② 银阙珠宫：指月宫。

③ 偶：偶然。

素描

天空中的长风，你尽情地刮吧；大海里的巨浪，你任意地翻滚吧！我本来就是一个从天上贬落的神仙，现在借着长风巨浪，快速飞行，人世间一排排的景物都向我身后疾驰而去，你们知道我要飞往哪里去吗？我要飞往那明亮的月亮，飞进美丽的广寒宫，在那里我看到了美丽动人的嫦娥，其实在我还是神仙时，就已经认识她了。知道嫦娥长什么样吗？她并不像唐人所想象的抹脂擦粉，而是不施粉黛，冰清玉洁。

我在广寒宫里尽情地游玩，嫦娥陪着我游历了月宫里的很多地方，我欣喜万分。可是，即使是这样我也忘不了人间疾苦，当我低头俯视时，发现空中飘着很多云朵，雾气蒙蒙，看来我真的离人间非常远了。嫦娥给我端来了月宫美酒，我放纵地喝了个够。在大醉中，我偶然摇动了月宫中的桂树，人间就把它唤作凉风。

豪放常常与浪漫相伴。浪漫至极，豪放才能动人心魄。

这首词极尽想象之能事，遨游月宫，心骛八极，颇有太白之风。“醉里偶摇桂树，人间唤作凉风”两句，是全首词的主题所在。这里所描写的只是醉中偶然摇动月中的桂树，便对人间产生意外的好影响。没有浪漫主义的生花妙笔是写不出这等仙语的。

全词虽然有浓厚的浪漫主义色彩，但作者的思想感情却不是超尘出世的。

风入松

吴文英

听风听雨过清明，愁草[1]瘗花[2]铭[3]。楼前绿暗分携[4]路，一丝柳，一寸柔情。料峭春寒中酒[5]，交加[6]晓梦啼莺。

西园日日扫林亭，依旧赏[7]新晴。黄蜂频扑秋千索，有

dāng shí xiān shǒu xiāng níng chóu chàng shuāng yuān bù
当时、纤手香凝。惆怅双鸳不

dào yōu jiē yī yè tái shēng
到，幽阶一夜苔生。

注释

① 草：起草，拟写。

② 瘗花：葬花。

③ 铭：文体的一种。古代常把铭文刻在碑上或器物上，内容多为歌颂或哀悼。

④ 分携：分别。

⑤ 中酒：醉酒。

⑥ 交加：形容杂乱。

⑦ 赏：独赏。

素描

又是一年的清明节，天上的雨淅淅沥沥地下着，风呼呼地吹着。满树的春花被吹落了一地，仿佛诉说着春天的结束。我是不是应该把它们打扫成堆，给以埋葬，甚至给它们草拟一篇瘗花铭？

还记得我们在小楼前的林荫小道上携手同游的情景吗？那袅娜多姿的杨柳枝似乎含着千种柔情。可是现在我只能独自在清冷的春寒中喝着酒，进入梦乡，却又不时被莺儿的叫声惊醒。

风雨已止，天已放晴，忍不住去昔日同游的西园散步，还是像从前一样的晴天，可是我心中的人儿却不在身边，那一份惆怅之情又有谁知？抬眼望去，一架秋千在微风中荡来荡去，可是荡秋千的人儿却不在了。然而正有一只黄蜂多次向秋千扑去，那里还留着佳人当时手上的幽香。

可是佳人不再来这里了，门前的石阶在一夜间长出了青苔。

词的上片情景交融，意境有独到之处。先写伤春，再写伤别，伤春与伤别交融，形象丰满，意蕴深邃。

下片写清明已过，风雨已止，天气放晴。阔别已久的情人，怎么能忘怀！词人依旧去游赏林亭。“日日扫林亭”，看似与伤春相关，实则盼望伊人再来，是伤别。

“幽阶一夜苔生”，语意夸张。不怨伊人不来，而只说“苔生”。人去已久，青苔滋生，但不说经时而说“一夜”，这样的夸张，虽不符合生活的真实，却符合艺术的真实。

高阳台

落梅

吴文英

gōng fěn diāo hén xiān yún duò yǐng wú rén
宫粉雕痕，仙云[①]堕影，无人

yě shuǐ huāng wān gǔ shí mái xiāng jīn shā suǒ
野水荒湾。古石埋香，金沙锁

gǔ lián huán nán lóu bù hèn chuī héng dí hèn
骨连环。南楼不恨吹横笛，恨

xiǎo fēng qiān lǐ guān shān bàn piāo líng tíng shàng
晓风、千里关山。半飘零，庭上

huáng hūn yuè lěng lán gān
黄昏，月冷阑干[②]。

shòu yáng kōng lǐ chóu luán wèn shéi tiáo yù
寿阳[③]空理愁鸾[④]。问谁调玉

suǐ àn bǔ xiāng bān xì yǔ guī hóng gū
髓，暗补香瘢[⑤]？细雨归鸿，孤

shān wú xiàn chūn hán　lí hún nán qiàn zhāo qīng
山无限春寒。离魂难倩招清

xiē　mèng gǎo yī　jiě pèi xī biān　zuì chóu
些，梦缟衣[6]、解珮溪边。最愁

rén　tí niǎo qíng míng　yè dǐ qīng yuán
人，啼鸟晴明，叶底青圆。

注释

① 仙云：状梅花飘落姿影。

② 月冷阑干：因梅花已落，无人月下倚栏欣赏，故云。

③ 寿阳：指寿阳公主。

④ 鸾：鸾镜，妇女妆镜。

⑤ 瘢：疤痕。

⑥ 缟衣：白绢衣裳。

素描

仙姿绰约、幽韵冷香的梅花独自飘落在空寂无人的荒湾野水。可怜她这样的身躯却要埋骨于尘土之中，不是吗？你看她在泥土中虽然已经枯萎残败，却依然保持着一份天生的高贵。是呀，隔着千山万水，飘零半生，人事变迁，岁月蹉跎，又有谁能知道她这美丽高贵的身躯呢？现在只能在清冷的黄昏，同孤寂的冷月、寥落的星空一起作伴了。

还记得宋武帝寿阳公主梅花妆的故事吗？还有三国时期孙和误伤邓夫人的故事吗？可是现在梅花已落，又有谁为之助妆添色呢？是呀，那一番蓬山远隔的幽索，唯有孤独的山峰、凛冽的春寒在怜惜这落梅的幽魂。

唉，往事如梦，离魂难招，只能看花瓣随着溪水缓缓流去。最让人发愁的是那长满青圆绿叶的梅树，小鸟在上面不住地啼叫，仿佛在向人诉说世事的变迁、岁月的沧桑。

这首词开端即写梅花凋谢：“宫粉”状其颜色，“仙云”写其姿质，“雕痕”“堕影”，言其飘零，字字锤炼，用笔空灵凝练。而“南楼不恨吹横笛，恨晓风、千里关山”三句陡然转折，言在花而意指人。

下片转换空间，由山野折回庭中。“缟衣”“解珮”暗指昔日一般情事，寄寓了往事如烟、离魂难招的怀人之思。最后一韵，从题面伸展一层，写花落之后的梅树形象，包孕着世事变迁的惆怅与岁月无情的蹉跎。从不同的时空和层面，渲染了隐秘的情事和深藏的词旨。

浣溪沙

吴文英

mén gé huā shēn mèng jiù yóu xī yáng wú
门隔花深梦旧游，夕阳无
yǔ yàn guī chóu yù xiān xiāng dòng xiǎo lián gōu
语燕归愁①。玉纤②香动小帘钩。
luò xù wú shēng chūn duò lèi xíng yún yǒu yǐng
落絮无声春堕泪，行云有影
yuè hán xiū dōng fēng lín yè lěng yú qiū
月含羞③。东风临夜④冷于秋。

注释

① 愁：愁绪。

② 玉纤：指女子的纤纤玉手。

③ 月含羞：指月亮躲在云朵后面。

④ 临夜：夜晚未临时。

素描

在那蒙眬迷离的梦中，我又来到旧时到过的房门前，当时幽幽的小道上开满了醉人的鲜花，浓浓的春意中透露出温馨的花香。本来我期望能和旧时的情人久别重逢，长相厮守，可是最终却没能如愿。为什么要话别呢？谁能告诉我其中的原委？淡淡的夕阳在空寂的庭院中拉长了影子，外出游玩的双燕才刚刚回来，我和情人相对而立，黯然无语，谁又能体会到我们久别重逢、转眼即分的愁绪呢？唉，伊人用她纤纤玉手拉开了垂帘，两人相偕出户，彼此留恋，不忍分离。

漫天的飞絮纷纷扬扬随风飘落，好像在那美好的春天为我们无声地堕泪，仰首望天，天空中白云朵朵，来去匆匆，清冷的月亮不时躲在白云后面，她难道也不忍心看见离人的分别吗？我那清丽可爱的她，用纤纤玉手挡住她那哭泣的神情，是为了不让我这即将远行的游子更添悲伤。临夜的东风迎面吹来，感觉比萧瑟的秋天还要凄冷。

这是一首春夜怀人之作，朦胧、晦涩、缥缈、含蓄。作品通过亦真亦幻的梦中情境，若隐若现的人物形象，表现一种如怨如诉的恋情愁绪。旧日情人，相见无由，相思日深，以至魂牵梦萦。春夜春情春梦，凄冷清寂氛围笼罩全篇。

上片记梦寻伊人，下片写梦醒怀人。全篇写一"梦"字，梦中似真似假一片依稀，梦的若实若虚一片恍惚，梦幻般的情调，梦幻般的形象，用空灵含蕴的笔墨写出，游思缥缈而情致凄婉。"落絮无声春堕泪，行云有影月含羞"，看似景物描写，实则表现幻化的情人、人化的大自然。

唐多令

惜　别

吴文英

hé chù hé chéng chóu　lí rén xīn shàng
何处合成愁？离人心上

qiū　zòng bā jiāo bù yǔ yě sōu sōu　dōu dào
秋①。纵芭蕉不雨也飕飕②。都道

wǎn liáng tiān qì hǎo　yǒu míng yuè　pà dēng lóu
晚凉天气好；有明月，怕登楼。

nián shì　mèng zhōng xiū　huā kōng yān shuǐ liú
年事③梦中休，花空烟水流。

yàn cí guī　kè　shàng yān liú　chuí liǔ bù
燕辞归、客④尚淹留。垂柳不

yíng　qún dài zhù　màn cháng shì　jì xíng zhōu
萦⑤裙带住，漫长是、系行舟。

注释

① 心上秋：上“秋”下“心”即为“愁”字。

② 飕飕：形容风雨的声音。

③ 年事：往事。

④ 客：作者自称，因为这时他身在异乡。

⑤ 萦：旋绕。

素描

你知道“愁”是由什么构成的吗？一看就是由“心”和“秋”字组成的，就是离别之人心上的秋天！

昨天下了一夜的小雨，秋雨愁煞人，可今天没有下雨，芭蕉叶也在瑟瑟的风中发出凄然的飕飕声。雨过天晴的秋天，天气爽朗，明月当头，正是登楼赏月的好日子。可是我却正好相反，秋雨晚霁，天凉如水，明月东升，登楼纳凉，本想赏月，却被勾起无限情思。

秋天总是让人联想起一个人的晚年，人到暮年，常常想起青春的岁月。往事如梦，年轻的时光和故事就像洒落的花瓣、逝去的流水、飘散的云烟，一去而不复返。那离去的燕子也在秋天回到它温暖的故乡，而我这常年在外的游子，人到暮年仍独自滞留他乡。那杨柳飘拂的枝条也留不住我远行的恋人，而我这羁身异乡的游子哟，却不能随之而去，其中的哀愁又能向谁诉说？

吴文英的这首《唐多令》写的是羁旅怀人。全词字句不事雕琢，自然浑成，在吴词中为别调。吴词以绵丽深曲为主要特色，多表现为或辞藻绚丽，或错杂叠和，或缥缈幽邃，此词却疏朗轻俊，不委曲、不雕绘，语浅而情深。

“何处合成愁？离人心上秋。”用拼字法，点出离思加秋思即为“愁”，紧扣主旨而来，设想极新巧，而又似信手拈来，涉笔成趣。

一剪梅

舟过吴江[1]

蒋捷

yī piàn chūn chóu dài jiǔ jiāo jiāng shàng zhōu
一片春愁待酒浇。江上舟
yáo lóu shàng lián zhāo qiū niáng dù yǔ tài niáng
摇，楼上帘招[2]。秋娘渡与泰娘
qiáo fēng yòu piāo piāo yǔ yòu xiāo xiāo
桥，风又飘飘，雨又萧萧。

hé rì guī jiā xǐ kè páo yín zì
何日归家洗客袍？银字
shēng diào xīn zì xiāng shāo liú guāng róng yì
笙[3]调，心字香[4]烧。流光[5]容易
bǎ rén pāo hóng liǎo yīng táo lǜ liǎo bā jiāo
把人抛，红了樱桃，绿了芭蕉。

注释

① 吴江：今江苏吴江。

② 帘招：指酒旗。

③ 银字笙：嵌饰银字的笙。

④ 心字香：熏炉中心字形的香。

⑤ 流光：指时间。

素描

又是一年的春天。

我这漂泊的游子，却掩饰不住心中的愁绪。在哪里可以找到美酒呢？这样也许可以缓解我心中的焦急。我乘坐的船儿，正随着江上的波浪起伏不定，江岸两边酒楼上悬挂的酒旗迎风招展，可是我却忍住美酒的吸引依旧催着船夫向前驶去。不知不觉，船已经驶过了秋娘渡和泰娘桥，多么想和家人相会呀，可是风又飘飘，雨又萧萧，仿佛有意阻碍我的归程。

什么时间我才可以到家，洗去旅途的疲劳，调弄起镶有银字的笙，熏上清馨淡雅的香，让妻子陪伴着我，浅吟低唱，享受舒适的家庭生活的温暖？

是呀，时光就像眼前的流水一样飞快流逝，离家的时候还是风度翩翩的美少年，可是现在却无法掩饰岁月磨砺的沧桑，就像那夏初成熟的樱桃由淡红变成鲜红，芭蕉的叶子由浅绿变成了深绿。

本词为旅途抒怀之作。

上片写景，景中有情。下片抒情，情中有景。结尾三句，将看不见的时光转化为可以捉摸的视象，是历来传诵的名句。“红了樱桃，绿了芭蕉”，把“红”与“绿”化为动词，可谓妙手偶得。

酹江月

文天祥

qián kūn néng dà suàn jiāo lóng yuán bù shì
乾坤能大、算蛟龙，元不是

chí zhōng wù fēng yǔ láo chóu wú zhuó chù nǎ
池中物。风雨牢愁无着处，那

gèng hán qióng sì bì héng shuò tí shī dēng lóu
更寒蛩四壁。横槊题诗[1]，登楼

zuò fù wàn shì kōng zhōng xuě jiāng liú rú
作赋[2]，万事空中雪。江流如

cǐ fāng lái hái yǒu yīng jié
此，方来[3]还有英杰。

kān xiào yī yè piāo líng chóng lái huái shuǐ
堪笑一叶漂零，重来淮水[4]，

zhèng liáng fēng xīn fā jìng lǐ zhū yán dōu biàn
正凉风新发。镜里朱颜都变

jìn zhǐ yǒu dān xīn nán miè qù qù lóng shā
尽，只有丹心难灭。去去龙沙[5]，
jiāng shān huí shǒu yī xiàn qīng rú fà gù rén
江山回首，一线青如发。故人
yīng niàn dù juān zhī shàng cán yuè
应念，杜鹃枝上残月。

注释

① 横槊题诗：苏轼《赤壁赋》写曹操破荆州、下江陵，“酾酒临江，横槊赋诗，固一世之雄也”。

② 登楼作赋：汉末王粲避难荆州，作《登楼赋》表达乡关乱离之思。

③ 方来：将来。

④ 淮水：指秦淮河。

⑤ 龙沙：北方沙漠，这里泛指元朝统治中心所在地。

素描

风云际会，天下如此之大，那奔腾的蛟龙呀，本来就不是一个区区的小池子能够容纳得了的。朋友，希望你早脱牢笼，再干一番事业。

可是，现在民族浩劫，生灵涂炭，所到之处江山皆已易手。长夜难寐，寒虫四鸣，愁肠百结。还记得曹操登楼赋诗的豪迈气概，可是现在只能像王粲一样雄图难展，如今我所有事业、壮心都已归于失败，可是大江呀，你的流水奔腾不息，而我抗敌复国的事业，也必定后继有人。

回想我自己毕生的飘零经历，实在可笑呀，上次被抓，渡过淮水的时候，还是满头黑发，当时怎能想到现在白发苍苍，依然会被俘虏，再渡淮水呢？淮水之上突起凉风，一切都已改变，唯一不变的是我一片报国的赤诚呀。

也许这次我会以身殉国，但我的魂魄也要变成杜鹃，飞过千山，飞回南方，在那凋零的枝头作啼血的哀鸣。

鉴赏

文天祥此词遥接辛弃疾、陆游遗风，是爱国悲壮词的绝唱。

宋末的遗民词，大多心凄词苦，过于哀沉。相形之下，文天祥作此词虽身处国亡身囚的绝境，然浩气干云，雄心犹存，是用民族气节凝结成的血泪文字，气势跌宕，意境沉雄，风骨遒劲。“镜里朱颜都变尽，只有丹心难灭”，更是千古名句。

高阳台

西湖春感

张　炎

jiē yè cháo yīng píng bō juǎn xù duàn
接叶[1]巢莺，平波卷絮，断

qiáo xié rì guī chuán néng jǐ fān yóu kàn
桥[2]斜日归船。能几番游？看

huā yòu shì míng nián dōng fēng qiě bàn qiáng wēi
花又是明年。东风且伴蔷薇

zhù dào qiáng wēi chūn yǐ kān lián gèng qī
住，到蔷薇、春已堪怜。更凄

rán wàn lǜ Xī líng yī mǒ huāng yān
然，万绿西泠[3]，一抹荒烟。

dāng nián yàn zǐ zhī hé chù dàn tái shēn
当年燕子知何处？但苔深

wéi qū cǎo àn xié chuān jiàn shuō xīn chóu
韦曲[4]，草暗斜川[5]。见说[6]新愁，

rú jīn yě dào ōu biān　wú xīn zài xù shēng gē
如今也到鸥边。无心再续笙歌

mèng　yǎn chóng mén　qiǎn zuì xián mián　mò kāi
梦，掩重门、浅醉闲眠。莫开

lián　pà jiàn fēi huā　pà tīng tí juān
帘，怕见飞花，怕听啼鹃[7]。

注释

① 接叶：树叶密接。

② 断桥：在西湖孤山之侧、里外湖之间。

③ 西泠：桥名，一名西陵桥，在孤山下，是后湖与里湖的分界线。

④ 韦曲：在长安城南，为唐朝望族韦氏世居之地。这里指临安城郊。

⑤ 斜川：在江西星子与都昌两县县境，濒鄱阳湖。泛指游览胜地。

⑥ 见说：听说。

⑦ 啼鹃：即杜鹃，啼声悲切，故称。

素描

繁枝茂叶交叠，将筑巢黄莺遮掩。平静的湖心，柳絮坠下随波漂浮。远处的断桥，一缕夕晖斜挂在几只悠悠归船上。这西湖春色，还能游玩几次？

想看烂漫春花，又要等待来年。春风，莫要匆匆，暂且留下与蔷薇相伴。到蔷薇花开，又怜惜春色已晚。更凄哀的是，万绿丛中的西泠桥畔，如今只残剩一抹荒芜的衰草，一笼迷离的寒烟。

旧时栖息画堂的燕子，不知飞到了哪里？只见苍苔深深，散发着潮湿的气息。清冷的石阶铺满惨淡的草色，映出亭榭池台的晦暗。沙鸥不知世事，听说新添的忧愁，将它的苍白的羽翅染遍。处处笙歌的繁华旧梦，残了，逝了，无心再续盼。罢、罢、罢，风花雪月、夜夜笙歌的往事都已不堪回首。还是回到家中，掩上重门，独自浅醉闲眠。愁闷的时候，莫要掀开帘幕，怕见落红点点飘飞，更怕听这暮春时节杜鹃一声声的啼血。

鉴赏

这首词写作者重游西湖，借西湖观感这一旧话题抒发亡国之痛烈心情。

此词为感时寄慨之作，全篇切题写“西湖春感”。其“春感”乃是伤春伤亡之情，作者实以咏西湖暮春抒发亡国哀感，层层迭进，句句幽咽，声情凄婉而笔致深曲，赋景抒感皆不坐实，含蓄婉转而又无凝涩晦昧，正是其清虚空灵处。

张炎故国之思以本篇最为哀沉沁人，后人评论：“凄凉幽怨，郁之至，厚之至。”

附录一：词人简介

王禹偁(954—1001)，宋代文学家。字元之，巨野(今山东菏泽)人。宋太宗太平兴国八年(983)登进士第，授成武主簿。端拱元年(988)，召试，直史馆，迁知制诰，判大理寺。遇事敢言，三遭贬斥，作《三黜赋》以见志。诗学杜甫、白居易，文风平易畅达。著有《小畜集》《五代史阙文》，存词一首。

寇準(961—1023)，北宋大臣。字平仲，华州下邽(今陕西渭南)人。太平兴国五年(980)进士，累官至中书侍郎同中书门下平章事。二次罢相，封莱国公。后为丁谓所搆，贬雷州司户参军，卒于贬所，谥忠愍。有《寇莱公集》七卷，《全宋词》录其词四首，《全宋词补辑》另从《诗渊》辑得一首。

潘阆（làng）（？—1009），宋初著名隐士、文人。字梦空，一说字逍遥，号逍遥子，大名（今属河北）人，一说扬州（今属江苏）人。性格疏狂，曾两次坐事亡命。真宗时释其罪，任滁州参军。有诗名，风格类孟郊、贾岛，亦工词，今仅存《酒泉子》十首。

林逋（967—1028），字君复，汉族，浙江大里黄贤村人（一说杭州钱塘）。幼时刻苦好学，通晓经史百家。书载性孤高自好，喜恬淡，勿趋荣利。长大后，曾漫游江淮间，后隐居杭州西湖，结庐孤山。常驾小舟遍游西湖诸寺庙，与高僧诗友相往还。每逢客至，叫门童子纵鹤放飞，林逋见鹤必棹舟归来。作诗随就随弃，从不留存。天圣六年（1028）卒。其侄林彰（朝散大夫）、林彬（盈州令）同至杭州，治丧尽礼。宋仁宗赐谥“和靖先生”。

柳永（约984—约1053），北宋著名词人，婉约派代表人物。原名三变，字景庄，后改名永，字耆卿，因排行第七，又称柳七，崇安（今福建武夷山）人。

范仲淹（989—1052），北宋时期杰出的政治家、文学家。字希文。祖籍邠州，后移居苏州吴县（今江苏苏州）。

张先（990—1078），字子野，乌程（今浙江湖州）人。宋仁宗天圣八年（1030）进士。其词与柳永齐名，才力不如柳永，但较为含蓄，韵味隽永。有《安陆词》，又名《张子野词》。

晏殊（991—1055），字同叔，谥号元献，抚州临川（今属江西）人。宋真宗景德二年（1005）以神童召试，赐同进士出身，官至翰林学士、右庶子、同中书门下平章事兼枢密使。有《晏元献遗文》及《珠玉词》。

宋祁（998—1061），宋代文学家。字子京，安州安陆（今属湖北）人，后迁开封雍丘（今河南杞县）。宋天圣二年（1024）进士。历官国子监直讲、太常博士、工部尚书员外郎、知制诰、史馆修撰、翰林学士承旨等。卒谥景文。其诗词多写优游闲适生活，语言工丽，描写生动，有“红杏枝头春意闹”（《玉楼春·春景》）之句，世称“红杏尚书”。有集，已佚，今有清辑本《宋景文集》；词有《宋景文公长短句》。

欧阳修(1007—1072),北宋文学家、史学家。字永叔,号醉翁,晚号六一居士,卒谥文忠,庐陵(今江西吉安)人。天圣八年(1030)进士。累擢知制诰、翰林学士,历枢密副使、参知政事。宋神宗朝,迁兵部尚书,以太子少师致仕。政治上曾支持过范仲淹等的革新主张,文学上主张明道、致用,对宋初以来靡丽、险怪的文风表示不满,并积极培养后进,是北宋古文运动的领袖。其散文说理畅达,抒情委婉,为“唐宋八大家”之一;诗风与其散文近似,语言流畅自然。其词婉丽,承袭南唐余风。曾与宋祁合修《新唐书》,并独撰《新五代史》。又喜收集金石文字,编为《集古录》,对宋代金石学颇有影响。有《欧阳文忠集》。

王安石(1021—1086),北宋政治家、文学家。字介甫,号半山,人称半山居士。封为舒国公,后又改封荆国公,世人又称“王荆公”,谥号“文”,又称王文公。抚州临川(今属江西)人。庆历二年(1042)进士,先后任淮南判官、鄞县知县、舒州通判、常州知州、提点江东刑狱等地方的官吏。治平四年(1067)知江宁府,旋召为翰林学士。熙宁二年(1069)提为参知政事,从熙宁三年(1070)起,两度任同中书门下平章事，推行新法。熙宁九年（1076）罢相后，隐居，病死于江宁钟山。其变法已具备近代变革的特点，被列宁誉为“中国十一世纪伟大的改革家”。在文学上颇有成就，为“唐宋八大家”之一。其诗擅长说理与修辞，善用典故；词作不多，风格高峻。有《王临川集》《临川先生歌曲》。

王安国（1028—1074），宋代词人。字平甫，抚州临川（今属江西）人，王安石之弟。北宋熙宁元年（1068）赐进士出身。历官大理寺丞，集贤校理。坐郑侠事，放归田里。有《王校理集》。《全宋词》录其词三首。

王观（1035—约1100），宋代词人。字通叟，如皋（现江苏如皋）人，为胡瑗门人，与高邮的秦观并称“二观”。能词，格近柳永，语多清隽。王观为人恃才放荡，与章惇、陆经等友善。历任大理寺丞、江都知县等职，在任时作《扬州赋》，宋神宗阅后大喜，大加褒赏；又撰《扬州芍药谱》一卷，遂被重用为翰林学士。相传曾奉诏作《清平乐》一首，描写宫廷生活。高太后因对王安石变法不满，认为王观属于王安石门生，就以《清平乐》亵渎了宋神宗为名，于次日将其罢职，王观于是自号“逐客”，从此为民至老。

苏轼（1037—1101），宋代文学家。字子瞻，一字和仲，号东坡居士。眉州眉山（今属四川）人。嘉祐（宋仁宗年号，1056—1063）进士。曾上书力言王安石新法之弊，后因作诗讽刺新法而下御史狱，贬黄州。宋哲宗时任翰林学士，曾出知杭州、颍州，官至礼部尚书。后又贬谪惠州、儋州。多惠政。卒谥文忠。学识渊博，喜奖励后进。与父苏洵、弟苏辙合称“三苏”。其文纵横恣肆，为唐宋八大家之一。其诗题材广阔，清新豪健，善用夸张比喻，独具风格，与黄庭坚并称“苏黄”。词开豪放一派，与辛弃疾并称“苏辛”。又工书画。有《东坡七集》《东坡易传》《东坡乐府》等。

李之仪（1038—1117）北宋词人。字端叔，自号姑溪居士、姑溪老农。汉族，沧州无棣（庆云县）人。哲宗元祐初为枢密院编修官，通判原州。元祐末从苏轼于定州幕府，朝夕倡酬。元符中监内香药库，御史石豫参劾他曾为苏轼幕僚，不可以任京官，被停职。徽宗崇宁初提举河东常平。后因得罪权贵蔡京，除名编管太平州（今安徽当涂），后遇赦复官，晚年卜居当涂。著有《姑溪词》一卷、《姑溪居士前集》五十卷和《姑溪题跋》二卷。

黄庭坚（1045—1105），字鲁直，号山谷道人，又号涪翁，洪州分宁（今江西修水）人。治平四年（1067）进士，以校书郎为《神宗实录》检讨官，迁著作佐郎。后以修实录不实，遭到贬谪。黄庭坚为苏门四学士之一，是江西诗派的开山祖师，生前与苏轼齐名，世称“苏黄”。擅文章、诗词，尤工书法。作品有《山谷集》附词一卷。

晏几道（约1048—约1113），宋代词人。字叔原，号小山，抚州临川（今属江西）人。晏殊第七子。曾监颍昌府许田镇。一生仕途不利，晚年家道中落。然个性耿介，不肯依附权贵，文章亦自立规模。工令词，多追怀往昔欢娱之作，情调感伤，风格婉丽。与其父齐名，时称“二晏”。有《小山词》传世。

秦观（1049—1100），北宋词人。字少游，一字太虚，号邗沟居士，学者称淮海先生。扬州高邮（今属江苏）人。曾任秘书省正字、国史院编修官等职。因政治上倾向于旧党，被目为元祐党人，绍圣（宋哲宗年号，1094—1098）后贬谪。文辞为苏轼所赏识，为“苏门四学士”之一。工诗词，词多写男女情爱，也颇有感伤身世之作，风格委婉含蓄，清丽雅淡。诗风与词相近。有《淮海集》四十卷、《淮海居士长短句》（又名《淮海词》）。

贺铸（1052—1125），北宋词人。字方回，自号庆湖遗老，祖籍山阴（今浙江绍兴），生长于卫州（治今河南卫辉）。曾任泗州、太平州通判。晚年退居苏州。好以旧谱填新词而改易调名，谓之“寓声”。其词风格多样，善于锤炼字句，又常用古乐府和唐人诗句入词，内容多刻画闺情离思，也有嗟叹功名不就、纵酒狂放之作。又能诗文。词集名《东山词》。诗集名《庆湖遗老集》，今本为清人所辑。

晁补之（1053—1110），字无咎，号归来子，济州巨野（今属山东）人。神宗元丰二年（1079）进士。哲宗朝，累迁著作佐郎，后因事屡遭贬谪。徽宗立，复召为著作郎。官至吏部员外郎、礼部郎中兼国史编修、实录检讨官。党论起，出知河中府，徙湖州、密州、杲州，主管鸿庆宫。工书画，能诗词，善属文。与秦观、黄庭坚、张耒齐名，苏门四学士之一。与张耒并称"晁张"。其散文语言凝练、流畅,风格近柳宗元。诗学陶渊明。其词格调豪爽,语言清秀晓畅,近苏轼。但其诗词流露出浓厚的消极归隐思想。著有《鸡肋集》《晁氏琴趣外篇》。

周邦彦(1056—1121)北宋词人。字美成,号清真居士,钱塘(今浙江杭州)人。官历太学正、庐州教授、知溧水县等。少年时期个性较疏散,但喜读书,宋神宗时,写《汴都赋》赞扬新法。徽宗时为徽猷阁待制,提举大晟府(最高音乐机关)。精通音律,曾创作不少新词调。作品多写闺情、羁旅,也有咏物之作。格律谨严,语言曲丽精雅,长调尤善铺叙。为后来格律派词人所宗。作品在婉约词人中长期被尊为"正宗"。旧时词论称他为"词家之冠"或"词中老杜"。有《清真居士集》,已佚,今存《片玉集》。

毛滂(1060—约1124),字泽民,江山(今属浙江)人。元祐中,苏轼守杭,毛滂为法曹,颇受器重。元符初,知武康县,改建官舍"尽心堂",易名"东堂",狱讼之暇,觞咏自娱其间,因以为号。历官祠部员外郎。政和元年(1111)

罢官归里，寄迹仙居寺。后知秀州。《宋史翼》有传，著有《东堂集》十卷等。

赵令畤(1061—1134)，宋代词人。初字景贶，改字德麟，自号聊复翁。宋太祖次子燕王赵德昭玄孙。元祐(1086—1094)中签书颍州公事。时苏轼为知州，荐其才于朝。后坐元祐党籍，被废十年。绍兴(1131—1162)初，袭封安定郡王，迁宁远军承宣使。绍兴四年(1134)卒，赠开府仪同三司。著有《候鲭录》八卷，赵万里辑为《聊复集》词一卷。

李清照(1084—1155)，宋代女词人。号易安居士，齐州章丘(今属山东)人。早年生活优裕，与夫赵明诚共同致力于书画金石的搜集整理。金兵入据中原后，流寓南方，明诚病死，境遇孤苦。所作词，前期多写其悠闲生活，后期多悲叹身世，情调感伤，也流露出对中原的怀念。形式上善用白描手法，语言清丽。论词强调协律，崇尚典雅情致，提出词“别是一家”之说，反对以诗文之法作词。并能作诗，留存不多，部分篇章感时咏史，情辞慷慨，与其词风不同。有《易安居士文集》《易安词》，已散佚。后人有《漱玉词》辑本。今人有《李清照集校注》。

张元干(1091—约1161),字仲宗,号芦川居士、真隐山人,晚年自称芦川老隐。芦川永福(今福建永泰嵩口镇月洲村)人。历任太学上舍生、陈留县丞。金兵围汴,秦桧当国时,入李纲麾下,坚决抗金,力谏死守。曾赋《贺新郎》词赠李纲,后秦桧闻此事,以他事追赴大理寺除名削籍。元干尔后漫游江浙等地,客死他乡,卒年约七十,归葬闽之螺山。张元干与张孝祥一起号称南宋初期"词坛双璧"。

康与之(约1095—约1164),中国南宋词人。字伯可,号顺庵,滑州(今河南滑县)人。康与之工诗词,词名尤著。词中多应制之作,虽工丽可诵,但献谀颂圣,粉饰太平,了无足取。其怀古词,则流露出时代丧乱、国家败亡之感,意境悲凉。著有词集《顺庵乐府》五卷,已佚。

岳飞(1103—1142),南宋抗金将领,民族英雄。字鹏举,相州汤阴(今属河南)人。官至枢密副使,封武昌郡开国公。以不附和议,被秦桧所陷,被害于大理寺狱。孝宗时追谥武穆，宁宗时追封鄂王，理宗时改谥忠武。《宋史》有传。《直斋书录解题》著录《岳武穆集》十卷，不传。明徐阶编《岳武穆遗文》一卷。《全宋词》录其词三首。

李重元，约宋徽宗宣和(1122)前后在世，生平不详，工词。《全宋词》收其《忆王孙》词四首，皆是颇具意境的佳作。《忆王孙》词四首，副题分别为《春词》《夏词》《秋词》《冬词》，表现了怀念王孙远游未归的共同主题。

陆游(1125—1210)，宋代爱国诗人、词人。字务观，号放翁，越州山阴(今浙江绍兴)人。少时受家庭爱国思想熏陶，高宗时应礼部试，为秦桧所黜。孝宗时赐进士出身。中年入蜀，投身军旅生活，官至宝章阁待制。晚年退居家乡，但收复中原信念始终不渝。他具有多方面文学才能，尤以诗的成就为最，在生前即有“小李白”之称，不仅成为南宋一代诗坛领袖，而且在中国文学史上享有崇高地位，存诗九千三百多首，是文学史上存诗最多的诗人，内容极为丰富，抒发政治抱负，反映人民疾苦，风格雄浑豪放；抒写日常生活，也多清新之作。词作量不如诗篇巨大，但和诗同样贯穿了气吞残虏的爱国主义精神。有

《剑南诗稿》《渭南文集》《南唐书》《老学庵笔记》《放翁词》《渭南词》等数十个文集传世。

唐琬(1128—1156),南宋才女。陆游表妹,曾嫁与陆游,感情弥笃。后为陆母所逼而离异,改嫁赵士程。

杨万里(1127—1206),南宋诗人。字廷秀,学者称诚斋先生。吉州吉水(今江西吉水)人。绍兴进士,曾任秘书监。主张抗金。诗与陆游、范成大、尤袤齐名,称"中兴四大家"或"南宋四家"。初学江西诗派,后转以王安石及晚唐诗为宗,终则脱却江西、晚唐窠臼,以构思精巧,语言通俗明畅而自成一家,形成了他独具的诗风,号为"诚斋体"。

张孝祥(1132—1170),南宋著名词人,书法家。字安国,别号于湖居士,鄞县(今浙江宁波)人。唐代诗人张籍的七世孙。张孝祥善诗文,尤工于词,其风格宏伟豪放,为"豪放派"代表作家之一。

辛弃疾(1140—1207),南宋词人。字幼安,号稼轩,历城(今山东济南)人。二十一岁参加抗金义军,曾任耿京军的掌书记，不久投归南宋。历任江阴签判，建康通判，江西提点刑狱，湖南、湖北转运使，湖南、江西安抚使等职。四十二岁遭谗落职，退居江西信州，长达二十年之久，其间一度起为福建提点刑狱、福建安抚使。六十四岁再起为浙东安抚使、镇江知府，不久罢归。一生力主抗金北伐，并提出有关方略，均未被采纳。其词热情洋溢、慷慨激昂，富有爱国感情。有《稼轩长短句》以及今人辑本《辛稼轩诗文钞存》。

姜夔(约 1155—约 1221)，字尧章，号白石道人，鄱阳(今江西波阳)人。少随父宦游汉阳。父死，流寓湘、鄂间。诗人萧德藻以兄女妻之，移居湖州，往来于苏、杭一带。与张镃、范成大交往甚密。终生不第，卒于杭州。工诗，尤以词称，精通音律，曾著《琴瑟考古图》。词集中多自度曲，并存有工尺旁谱十七首。有《白石道人诗集》《白石诗说》《白石道人歌曲》等。

史达祖(1163—约 1220)，字邦卿，号梅溪，汴(今河南开封)人，南宋婉约派重要词人，风格工巧，推动宋词走向基本定型。一生未中第，早年任过幕僚。韩侂胄当国时，他是最亲信的堂史，负责撰拟文书。韩北伐失败后，受黥刑，死于困顿。

刘克庄（1187—1269），南宋著名爱国主义诗词家。初名灼，字潜夫，号后村，莆田（今属福建）人。初为靖安主薄，后长期游幕于江、浙、闽、广等地。诗属江湖派，作品数量丰富，内容开阔，多言谈时政，反映民生之作，早年学晚唐体，晚年诗风趋向江西派。词深受辛弃疾影响，多豪放之作，散文化、议论化倾向也较突出。著有《后村先生大全集》，共一百九十六卷。程章灿《刘克庄年谱》对其行迹有较详细考证，侯体健《刘克庄的文学世界》展现了其文学创作各个方面，探索精微。

吴文英（约1200—约1260），宋代词人。字君特，号梦窗，晚年又号觉翁，本姓翁，入继吴氏，四明（今浙江宁波）人。一生未第。绍定（宋理宗年号，1228—1233）年间入苏州仓幕。曾任浙东安抚使吴潜幕僚，复为荣王赵与芮门客。出入贾似道、史宅之之门。知音律，能自度曲。词名极重，以绵丽为尚，思深语丽，多从李贺诗中来。有《梦窗甲乙丙丁稿》传世。存词三百四十一首。

蒋捷，生卒年不详。字胜欲，号竹山，阳羡（今江苏宜兴）人，先世为宜兴巨族，咸淳十年（1274）进士。宋亡，深怀亡国之痛，隐居不仕，人称“竹山先生”，其气节为时人所重。长于词，与周密、王沂孙、张炎并称“宋末四大家”。其词多抒发故国之思、山河之恸 、风格多样，而以悲凉清俊、萧寥疏爽为主。尤以造语奇巧之作，在宋季词坛上独标一格，有《竹山词》一卷，收入毛晋《宋六十名家词》本、《疆村丛书》本；又《竹山词》二卷，收入《涉园景宋元明词》续刊本。

文天祥（1236—1283），字宋瑞，一字履善，号文山，吉州庐陵（今江西吉安）人。宝祐四年（1256）进士第一。历知瑞、赣等州。德祐元年（1275），元兵东下，他在赣州组义军，入卫临安（今浙江杭州）。次年任右丞相，出使元军议和，被扣留。后脱逃到温州。端宗景炎二年（1277）进兵江西，收复州县多处。不久败退广东。次年在五坡岭（在今广东海丰北）被俘。拒绝元将诱降，于次年送至大都（今北京），囚禁三年，屡经威逼利诱，誓死不屈。编《指南录》，作《正气歌》，大义凛然，终在柴市被害。有《文山先生全集》。

张炎(1248—约 1317),南宋词人。字叔夏,号玉田、乐笑翁。祖籍成纪(今甘肃天水),寓居临安(今浙江杭州)。张俊后裔。宋亡,其家亦破,元世祖至元二十七年(1290)北游元都,失意南归。晚年在浙东、苏州一带漫游,与周密、王沂孙为词友。其词用字工巧,追求典雅。早年多写贵族公子的优游生活,后期多追怀往昔。又曾从事词学研究,对词的音律、技巧、风格均有论述。著有《词源》《山中白云词》(又名《玉田词》),存词约三百首。

附录二：宋事记

960 年 赵匡胤发动陈桥兵变，建立宋朝

961 年 赵匡胤杯酒释兵权

978 年 李煜卒

986 年 宋太宗雍熙北伐

1000 年 柳开卒，他与王禹偁提倡韩柳古文，开创北宋诗文革新运动先声

1001 年 王禹偁卒

1005 年 宋真宗与辽国签订“檀渊之盟”，维持了两国百余年的和平局面；杨亿编成《西崑酬唱集》

1040 年 梅尧臣作《田家语》《汝坟贫女》

1043 年 范仲淹对吏制、职田、科举、学校、赋役等进行改革，提高了庆历年间的行政效率，改善了北宋的政治腐败，史称“庆历新政”

1053 年 柳永卒，他开拓了词作领域，代表作《雨霖铃》《八声甘州》《望海潮》

1057 年 苏轼、曾巩、苏辙进士及第，诗文革新开始

1059 年 欧阳修作《秋声赋》

1069 年 王安石发动政治改革运动，以“理财”“整军”为中心，涉及到了政治、经济、军事、社会、文化各个方面，又称“熙宁变法”

1071 年 欧阳修作《六一诗话》；苏轼通判杭州

1072 年 欧阳修卒

1075 年 苏轼在密州作《江城子（乙卯正月二十日记梦）》《江城子（密州出猎）》《水调歌头（明月几时有）》等，开创豪放派宋词

1078 年 王安石退居江宁，创“荆公体”，诗律工细

1079 年 “乌台诗案”发生，苏轼被贬黄州

1082 年 苏轼在黄州两游赤壁，作《前赤壁赋》《后赤壁赋》《念奴娇（赤壁怀古）》

1088 年 王安石卒

1100 年 婉约派代表词人秦观卒，代表作《满庭芳（山抹微云）》《踏莎行（雾失楼台）》《鹊桥仙（纤云弄巧）》

1101 年　苏轼卒于常州；李清照与赵明诚结婚

1105 年　黄庭坚卒

1119 年　宋江等人在梁山泊聚众起义

1125 年　贺铸卒

1127 年　金朝南下攻取北宋首都东京，俘虏了徽、钦二帝，北宋灭亡，史称“靖康之变”；宋徽宗之子赵构于应天府（今河南商丘）建立南宋王朝，后迁都临安（今浙江杭州）

1130 年　韩世忠在黄天荡大败金军，史称“黄天荡之战”

1131 年　南宋早期，陈与义、叶梦得、张元幹、张孝祥等创作的爱国诗词成为主流

1138 年　张元幹作《贺新郎（寄李伯纪丞相）》；陈与义卒

1142 年　岳飞遭宋高宗和秦桧以“莫须有”罪名杀害

1155 年　李清照卒；陆游作《钗头凤（红酥手）》

1161 年　金军伐宋，南宋取得采石大捷

1163 年　张孝祥作《六州歌头（长河望断）》，后于 1165 年作《念奴娇（过洞庭）》

1166 年 陆游作《游山西村》，他与尤袤、杨万里、范成大合称南宋“中兴四大诗人”

1169 年 辛弃疾作《水龙吟（登建康赏心亭）》

1170 年 范成大使金，作纪事诗七绝 72 首等

1176 年 辛弃疾作《菩萨蛮（书江西造口壁）》；姜夔作自度新曲《扬州慢（淮左名都）》

1177 年 陆游作《关山月（和戎诏下十五年）》

1178 年 杨万里转变诗风，自成一家，称“诚斋体”

1179 年 辛弃疾作《摸鱼儿（更能消几番风雨）》

1186 年 范成大作组诗《四时田园杂兴》；陆游作《书愤》《临安春雨初霁》

1187 年 陆游刊行自选诗集《剑南诗稿》，其中收录 2 500 余首

1188 年 辛弃疾与陈亮鹅湖相会，各作《贺新郎》；辛弃疾作《破阵子（为陈同父赋壮语以寄）》

1192 年 陆游作《秋夜将晓出篱门迎凉有感》《十一月四日风雨大作》

1193 年 范成大卒

1200 年 朱熹卒

1205 年 辛弃疾作《永遇乐(京口北固亭怀古)》《南乡子(等京口北固亭有怀)》

1206 年 杨万里卒;成吉思汗建立蒙古政权

1207 年 辛弃疾卒,其词被称为“稼轩体”,他与苏轼合称“苏辛”,代表宋词的豪放派

1210 年 陆游作绝笔《示儿》后卒,其诗作被称作“放翁体”

1221 年 姜夔卒

1227 年 刘克庄作《贺新郎(北望神州路)》

1234 年 宋与蒙古联合灭金,金朝灭亡

1257 年 元好问卒

1269 年 刘克庄卒

1271 年 宋末,爱国诗文成为主流;忽必烈改国号为元,定都燕京(今北京),元王朝建立

1274 年 元军南下大举伐宋;赵祺卒,赵㬎即位

1276 年 赵㬎、谢道清投降,临安沦陷;朝廷流亡南方,赵昰在福州被拥立为新帝

1279 年 文天祥兵败被俘,后作《过零丁洋》《正气歌》;崖山大战,宋军战败;陆秀夫与南宋幼帝投海身亡;南宋灭亡,元统一中国